Contents

偽りの聖女は竜国の魔法使いになりました 2

The false saint became a wizard of the Dragon Kingdom.

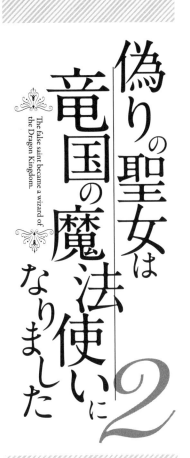

プロローグ　元聖女と竜の国

とーっても昔のお話。

世界には多くの種族がいた。彼らは考え方も、日々の習慣も違う。種族同士によっては、何もかもが正反対、なんてこともあった。

考え方の異なる者同士が手を取り合うのは難しい。それが一対一ではなく複数ならもっとだろう。そんな不可能を可能にしていた国が一つだけ存在した。

名前はドラゴニカ――ドラゴンが治めた国。

争いが起こったせいでなくなってしまった大国は、百年以上経過した現在でもおとぎ話として語り継がれている。

それはきっと人々の心の中に、そんな国があったらいいなと思う気持ちがあるからだと思うんだ。

人々は口に出さずとも、心のどこかで期待しているのだろう。今でもこの世界のどこかには、ドラゴンと共に生きる国があるのだと。

そう思ってくれる人がいるのなら、私は声を大きくして伝えたい。

私は今……ドラゴンが治める国の魔法使いになったんだよ。

◇◇◇

朝になって目が覚める。カーテンの隙間から入り込んできた朝日の暖かさと眩《まぶ》しさで、意識は自然に覚醒した。

清々《すがすが》しい朝だ。私は大きく背伸びをしてそう思った。

「よし！」

私はぐっと力こぶを作って気合いを入れて着替えを始める。ただ着替えるだけで毎日やっていることなのに、いつも新鮮な気持ちになる。それに着替えをすると気持ちが引き締まるような感じもある。

たぶんこれは、聖女の代わりをしていた頃の名残《なごり》だと思う。

時間が経過して自分でも信じられないことだと思うようになったけど、私はちょっと前までアーストロイ王国で聖女をしていた。

聖女とは神の声を聞き、神の意思を人々に伝え導く代行者のこと。祈りを捧《ささ》げることで様々な奇跡を起こし、あらゆる病や怪我《けが》を一瞬で治すことができる。

私が生まれたアーストロイ王国では、百年に一度の周期で新しい聖女が選ばれていた。

現代で聖女に選ばれたのは私……ではなくて、私の双子の姉のライナだった。私たちの見た目は瓜二《うりふた》つで、近しい人たちでも間違えることがあるくらい似ていた。

だけど、似ているのは見た目だけで、好き嫌いや得意不得意は全然違う。ライナと違って聖女に選ばれなかった私は、魔法使いとしての素質があったらしい。初めて魔法を使ってから、私は魔法の魅力にみせられた。

知らない知識を得る。新しい魔法が使えるようになる。本当に楽しい日々だった。そんなある日、ライナが私にこう言ったんだ。


——レナ、あなた私の代わりの聖女やりなさい。


彼女の一言をきっかけに、私の日々は大きく変わった。聖女のふりをするために、今まで以上に魔法の勉強に勤《いそ》しんだ。

聖女の奇跡を魔法で再現するなんて……ライナは簡単に言っていたけど、とても難しくて大変なことだった。五年間必死に努力して、やっとの思いで聖女に近づいて……。

大変な毎日だったけど苦ではなかった。困っている人たちに手を差し伸べ、お礼の言葉をたくさん貰《もら》えたから。

「今から思えば……あれはあれで充実、してたのかな？」

着替えを済ませてそんなことを思う。もちろん、みんなを騙《だま》していた事実は消えない。悪いことをしていたという自覚はある。

ライナに言われたからとか言い訳をするつもりはないよ。だって、ハッキリと断れなかった私も悪いんだから。

それでも、あの嘘《うそ》みたいな日々があったから今の私がいる。そう思うと、必要な時間だったんだと納得できた。


着替え終わった私は部屋を出て屋敷の廊下を歩く。この屋敷の独特な雰囲気にも随分慣れてきた。王国の建物とは違って、木の温《ぬく》もりを感じる温かな屋敷だ。

最初は少しだけ戸惑ったけど、今はとても居心地がよくて気に入っている。

王城とは違って変な緊張感がないのも大きいと思う。あの頃はずっとびくびくしていた。私が偽者だってバレないように、常に周りに気を配っていた。

息が詰まりそうになったこともある。ここでは偽る必要がない。私は私のまま、堂々としていられるから気分がいい。

「ふふっ」

「なんだ？　朝から随分と上機嫌じゃないか」

「え、あ！　リュート君」

「おはよう。レナ」

振り返った先に彼はいた。さわやかな笑顔で手を振っている。彼の名前はリュート・ドラゴニカ。この国の王子様だった人……ではなくて、ドラゴンだ。

見た目は完全に人間で、ドラゴンらしい雰囲気はまったくない。初めて出会ってから正体を教えてもらうまで、私はまったく気付かなかった。

「おはよう、リュート君」

「おう。レナはこれから食堂か？」

「うん。でもその前に苗木の様子だけ見ておこうかなって思ったんだ」

「それで早起きか。相変わらず真面目だなお前は。少しくらい気を抜いてもいいんだぞ？」

「ふふっ、そういうリュート君だって私より先に起きてるでしょ？」

「俺は元から早起きなんだ」

口ではそう言っているリュート君だけど、彼が朝は苦手なことを知っている。ずっと前に王都で魔法の勉強をしていた時に、彼が自分でそう言っていたから。

苦手なのに私よりも先に起きて準備をしている。

実際どっちのほうが真面目なのかな？

それにたぶん、早起きの目的も同じだと思う。

「リュート君も苗木を見に行くんでしょ？」

「おう。一緒に行くか」

「うん」

やっぱりそうだった。予想が当たっていてホッとする以上に嬉《うれ》しかった。彼が、好きな人が自分と同じことを考えているなんて、とても素敵なことだと思う。

私たちは並んで廊下を歩き始めた。

「それで？　なんであんなに上機嫌だったんだ？　何かいいことでもあったのか？」

「え、別にいつも通りだよ」

「そうなのか？　にしてはやけに顔がニヤけてたけど」

「そ、そんなことないよぉ～」

自分では気付かなかったけど、どうやら表情に出てしまっていたらしい。ニヤけていたなんて教えられて、私は急に恥ずかしくなった。

「ん？　どうした？　なんだか顔が赤くないか？」

「そうかな？」

「ああ、真っ赤だぞ。まさか熱でもあるんじゃないだろうな」

「だ、大丈夫だよ」

私は誤魔化すようにぶんぶんと首を左右に振った。リュート君は私が体調を崩したんじゃないかと心配してくれている。ただ恥ずかしかっただけで平気だと伝えたかったのだけど、かえって心配させてしまったみたいだ。

私の反応を見たリュート君は、眉をひそめる。

「本当か？　無理してるんじゃないだろうな？」

「無理なんてしてないよ？　ほら！　とっても元気だから」

疑う視線を向ける彼に、私は身振り手振りで元気さをアピールした。力こぶを作るように腕を曲げたり、ぐるぐる回して見せたり。もちろんめいっぱいの笑顔を見せて。

そんな私にリュート君は顔を近づけてくる。

「空元気に見えなくもないんだが……ちょっと見せてみろ」

「へ、ちょっ」

彼の手は私の前髪をかきあげ、額同士をこつんと当てる。

「リュ、リュート君？」

「熱は……確かにないみたいだな」

顔が近い。すごく近い。

すぐ目の前にリュート君の目がある。恥ずかしさに目を逸《そ》らしたくてもできない距離だ。

私はあまりのことに驚いて固まってしまう。リュート君の息遣いが聞こえてきて、声も耳だけじゃなくて肌で感じる。

あと少しだけ近づけば、唇が当たってしまいそう……なんてことを想像して身体《からだ》がもっと熱くなる。心臓もバクバク音を立てる。

「なんだ？　ちょっと熱くなった気が……」

「あ、えっと」

こんなにうるさく鼓動していたらリュート君にも聞こえてしまいそうだ。聞こえたら、私の気持ちも伝わってしまうかもしれない。

私がリュート君に恋をしていることが……。

「リュート君」

「ん？」

「その……」

もういっそ伝えてしまってもいいかもしれない。竜国の再建が済んだ時に告白するつもりだったけど、好きな気持ちが溢《あふ》れ出てもう我慢できそうにない。

好きな人をこんなにも近くに感じていたら誰だって同じ気持ちになると思う。そんな風に自分に言い訳をして、私の口は思いを伝えようとした。

「私！」

「あっ！　お兄様！」

「サリエラ」

「サリエラちゃん!?」

私は咄嗟《とっさ》にリュート君から離れた。逃げるように数歩下がってからサリエラちゃんの方に視線を向ける。

案の定、彼女はプンプン怒っていた。

「朝からお二人でなにをされているんですか！　しかも廊下の真ん中で！」

「あ、えっと……」

「なにって、レナが体調悪そうだったから熱がないか確認してただけだぞ？」

「体調が悪い？」

サリエラちゃんは疑いの視線を私に向けてくる。じーっという効果音が頭に響いてくるような気がする。

「とてもそんな風には見えませんよ」

「そうか？　じゃあ本当に俺の勘違いだったのかもな」

「そ、そうだよリュート君。私は大丈夫だって最初から言ってたでしょ？」

「……そうだな。そういうことにしておくよ」

ようやくリュート君も納得してくれたみたいだ。

「そういえばレナ、さっき何か言いかけてなかったか？」

「なんでもないよ。私は平気だよって言おうとしただけだから」

「そうか。ならいいんだが」

サリエラちゃんが私たちのことをじっと見つめている。危うく彼女の目の前でリュート君に告白してしまうところだった。

彼女の名前はサリエラ・ドラゴニカ。リュート君の妹で、つまり彼女も人間ではなくドラゴンだ。見た目は可愛《かわい》らしい女の子だけど、変身すると桃色のドラゴンの姿になる。どちらの姿も私は可愛いと思っている。

彼女は兄であるリュート君のことが大好きだ。初めて会った時も、私がリュート君と一緒にいる相手として相応《ふさわ》しいか試すために戦いを挑んできたりもした。

そんな彼女の前で告白なんてしたら、恥ずかしさ以前に大変なことになっていたはずだ。具体的には屋敷が火に包まれたりとか。

私は心の中でほっと胸をなでおろす。でもサリエラちゃんと視線が合って、本当は別のことを話すつもりだったのではないですか、みたいな顔をしていたことに気付いて、私は慌てて話題を変える。

「えっと、サリエラちゃんはなにしてるの？」

「私はお兄様を探しに来たんです。もうすぐ朝食の時間ですから」

「もうそんな時間か？　まだ早いだろ？　ロドムはいつも時間通りに朝食を準備してくれるし、

今日だけ早いなんてないと思うけど？」

「朝食を待ちながらお兄様と二人でゆっくりしたかったんです……そしたら廊下でレナお姉さんと見つめ合っているし……」

サリエラちゃんはムスッとした表情で私のことを見てくる。大好きなリュート君を取られてしまった気分……なのかな？

もっとも私のことをレナお姉さんと呼んでくれているし、嫌われているわけではないと知っているから安心できる。むしろ微笑《ほほえ》ましいとさえ思える。

「だったらサリエラちゃんも一緒に苗木の様子を見に行かない？」

「苗木ですか？」

「そうだよ。私たちは苗木の様子を見に行こうとしていたんだ。時間があるならサリエラちゃんも一緒にどうかなと思って」

「……私も一緒でいいんですか？」

彼女は申し訳なさそうに、恐る恐る確認してきた。私たちの邪魔にならないかと考えてくれているのだろう。そういうところに彼女の優しさと気遣いを感じて、思わず顔が綻んでしまう。

私は温まった心を表現するように笑顔で答える。

「もちろんだよ。サリエラちゃんも一緒に行こう？　リュート君もいいよね」

「おう。せっかくだしな」

リュート君がそう答えると、サリエラちゃんは表情をパァーッと明るくする。

「はい！」

そして元気な返事をくれた。普段は素直じゃない彼女だから、こうして嬉しそうに笑ってくれることが何より嬉しくて可愛いと思う。


サリエラちゃんも加わって私たちは屋敷の外を目指す。道中に食堂があって、近づくと美味《おい》しそうな香りが漂ってきた。

「ロドムに一言だけ伝えておくか」

「そうだね」

私たちは香りに誘われるように食堂へ立ち寄る。扉を開けると仄《ほの》かに香っていた料理の香りがぶわっと勢いよく押し寄せてくる。

思わずお腹《なか》が鳴ってしまいそうになって、私は両手でおへそを押さえた。

「ロドム」

「おや、おはようございます皆様」

台所ではロドムさんが朝食の準備をしてくれている。コトコトと煮込んだ鍋と、まな板の上に並んだ食材。ロドムさんの手には包丁が握られていて、私たちに気付いた彼はそっと作業の手を止めて振り向いた。

「随分とお早いですね。まだ朝食の時間には少しありますが」

「ああ、わかってるよ。ちょっと散歩がてら二人と苗木の様子を見に行ってこようと思ってな。それを伝えに来たんだ」

「そうでしたか。であればお戻りになられる頃にはちょうどよい時間でしょう」

ロドムさんは穏やかな笑顔でそう答えた。

彼も二人と同じドラゴンだ。厳密にいえばまったく同じではなく、リュート君たちは人間とドラゴンを親に持つドラゴンハーフで、ロドムさんは純粋なドラゴン。世界で唯一の純粋なドラゴンが彼だ。

老人の見た目通りというか、戦争が起こっていた昔から生きていて、その頃から王族を支えてくれているらしい。二人にとってはお爺《じい》ちゃんみたいな存在だと、前にリュート君が話してくれた。

「苗木のところに行かれるのでしたら、お二人を呼んできてはくださいませんか？」

「二人？　アルマとドミナのことか？」

「はい。ドミナ様は工房におられます。アルマ様も先ほど苗木を見に行かれましたので」

「そうだったのか。わかった。二人も呼んでくるよ」

「よろしくお願いします」

ロドムさんに挨拶を済ませた私たちは、そのままの足で屋敷を出る。外は心地のいい青空が広がっていて、緑豊かな世界樹が目に映る。

私の魔法で時間を巻き戻すことで一時的に蘇《よみがえ》った世界樹。老体を無理やり働かせているようで心苦しいけど、もう少しだけ待っていてほしい。

必ず私たちが、世界樹に代わる新しい方法を確立してみせる。そうなった時に今度こそ、今までありがとうと伝えよう。

私は屋敷の玄関前で世界樹を見上げてそう思う。

「レナ」

「いつまでそこにいるつもりですか？　置いていっちゃいますよ」

「ごめんなさい。今行くよ」

◇◇◇

私たちはドラゴニカの街中を歩く。アーストロイ王国とは異なる作りの街並みも、最初より随分と見慣れてきた。

この国も百年前までは栄えていて、数多くの種族が一緒に暮らしていたらしい。今ではみんなバラバラになってしまって、私が来る前はリュート君たち三人しかいなかった。

そんな竜国の現状をどうにかしたくて、リュート君たちは奮闘していた。リュート君たちドラゴンと、私たち人間を除いた種族は皆、マナというエネルギーを必要とする。

大自然から発生するエネルギーで、魔力の元にもなる力。私たち人間にとっての空気のように、彼らにはマナが必要不可欠だった。

彼らの生活を支えていたのは街を守るように育った世界樹だ。世界樹が作り出す大量のマナがあったからこそ、亜人種たちは快適な暮らしができていた。

しかし世界樹が寿命を迎えてしまったことで、ここは彼らにとって居心地のいい場所とは言えなくなってしまった。

彼らは自分たちの力で生きるために王国を離れ、世界各地でひっそりと暮らしている。

「ねぇリュート君、世界樹が復活したってことはみんなにも伝わっているんだよね？」

「ああ、伝わってるよ。世界樹が発するマナは世界中に広がったはずだ。現にエルフたちも気付いていただろう？」

「そうだったね。伝わっては……いるんだよね」

正直、少しだけ期待していた。一時的とはいえ世界樹が復活すれば、離れていってしまった他種族たちが戻ってきてくれるんじゃないかと。

そしてみんなで力を合わせて国を再建できる……なんてことを考えていた。我ながら浅はかだったと思う。でもやっぱり少しくらい思うんだ。

すると隣からハッキリとよく通る声が聞こえる。

「困った方たちですね。気付いているなら戻ってくればいいんですよ」

「サリエラちゃん……」

まるで私の気持ちを代弁してくれたかのようなタイミングだった。彼女も同じことを思っていたのだろうか。それとも私の気持ちを察してくれたのだろうか。

どちらにしても嬉しくはある。

「世界樹が戻ったんですよ？　だったらここで暮らせばいいと思います」

「そう簡単な話じゃないってことだ」

「そうでしょうか。みんな難しく考えすぎている気がします」

「まぁそれは多少思うけどな」

サリエラちゃんの意見とリュート君の意見はどちらも間違ってはいない。リュート君の言うように簡単なことじゃないのは確かだ。

世界樹が枯れてしまってバラバラになってから、他の種族たちは自分たちで生きていくために試行錯誤を繰り返し、今の生活を手に入れている。

決して恵まれた環境ではなくとも、最低限の衣食住を確保した。その生活にようやく慣れてきたのが最近なのだろう。

もちろん彼らにとって世界樹の復活は喜ばしいことだとは思う。だけど、彼らはすでに知っている。

安寧が永遠ではないことを……必ず終わりが来ることを。

もし今、やっと手に入れた生活を手放したとして、また同じように失ってしまったら？

私が同じ立場でも迷うと思う。どうせまた繰り返すのなら、今ある生活を続けたほうが幸せなのではないか、と。

それでも彼らの生活は、多くを我慢した上で成り立っている。たとえばエルフ族は魔法を得意としている種族だった。だけどマナが枯渇したことで魔法を使う機会を失ってしまっている。

彼らも魔法が嫌いになったわけじゃないはずだ。私自身が魔法の面白さ、深さをよく知っている。一度好きになったら嫌いになんてなれない。使いたくても使えない。使ってしまえば自分たちの首を絞めるとわかっているから我慢している。

エルフたちの里に行った時、私はそう感じた。

サリエラちゃんの言う通り難しく考えすぎていることも。好きなことを我慢して、嫌いになったように振舞うなんて苦しいだけだ。

世界樹の復活によって齎《もたら》された一時の幸福を、この先もずっと続けていけるように……前向きに取り組んでもいいとも思う。

ただ、口で言うのは簡単で、実際はもっと複雑な心情が絡んでいるのだろう。私はエルフじゃないから彼らの全てを理解することは難しい。

私にできることは、彼らが少しでも未来に前向きな気持ちが抱けるように、可能性を見せてあげることだけだ。

「まだまだ先は長いね」

「そうだな。けど、そんなに悲観的になる必要はないだろ？　全員は無理だったけど、応えてくれた奴《やつ》らもいるんだ」

「そうだね」

そう、リュート君の言う通りだ。私たちの想《おも》いと願いは彼らにまったく届かなかったわけじゃない。少なくとも二人、応えてくれた人たちがいる。

そのうちの一人を呼びに行く。苗木の場所に向かう途中に、重厚な鉄で覆われた工房が視界に飛び込んできた。

近づくとものすごい熱気を放っていて、中からカンカンと金属を叩《たた》くような音が響いてくる。きっと彼女がからくりを作っているのだろう。朝から汗を流して、からくりに夢中な彼女の姿が容易に想像できる。

私たちは工房の中に足を踏み入れた。

「ドミナー」

最初にリュート君が大声で彼女の名前を呼んだ。外まで響いていた金属音と一緒に、ガシャンゴトンという何かが動く音もしている。

控えめに言っても騒がしくて、普段の声量じゃ会話ができない。

そんな中でドミナちゃんはしゃがみ込んで作業に集中していた。予想通りというか、想像通りの光景が目に映る。

「おーい、朝食の時間だぞー」

続けてリュート君がもう一声かける。だけど反応はなく、彼女は私たちに気付いていない様子だった。近づきたくても物が散乱していて歩くには危ないし、大切な物なら壊してしまったら申し訳ない。

呆《あき》れながらリュート君は私の耳元に顔を近づける。

「ったく、悪いレナ、頼めるか？」

「うん」

そう言われると思って準備をしていた。いつでも魔法を発動できる状態で、私はリュート君とサリエラちゃんに耳を塞ぐように伝えた。

「さてと」

ごめんねドミナちゃん、ちょっとびっくりさせちゃうよ。

「【ハウリング】」

耳に響くような高い音を発する魔法ハウリング。その音は一言で表すなら、耳にする者を不快にするのだ。金属をひっかいている音に近いだろうか。

聞けば誰でも耳を塞ぎたくなる。それを爆音で聞かせれば、さすがのドミナちゃんも……。

「うおっ！　なんだなんだ？　敵襲か⁉」

この通り、作業を止めて思わず立ち上がっていて。驚いた彼女はようやく私たちと視線が合う。

「あ、なんだお前らかよ」

私たちに気付いた彼女は音を発していた周りのからくりも止めてくれた。おかげで大声を出さなくてもお互いの声が聞こえる。

「今のってレナの魔法か？　ビックリさせんなよな。敵が攻めて来たのかと思ったぜ」

「ごめんね。ドミナちゃん声かけても全然気付いてくれなかったから」

「だからってあんな気付かせ方すんなよなぁ。普通に肩でも叩いてくれりゃーよかったのに」

「そう思うならもう少し片付けてくれるか？　足の踏み場もないぞ」

リュート君が足元に転がっている部品のようなものを手に取り、ドミナちゃんにそう言った。

サリエラちゃんも同じことを思っていたのか、リュート君のセリフの後でうんうんとあからさまに頷《うなず》いている。

「熱心なのはいいが片付けないと転んで怪我するぞ」

「あたしはそんなにどんくさくないっての！」

「そうかもしれないけどな？　こんなに転がってると、俺たちも危なっかしくて近づけないんだよ。大事な部品でもあったら大変だろ？」

「別に気にしなくていいって。その辺りにあるの全部失敗作のパーツだから」

「その辺りって……」

リュート君の視線に合わせるように、私とサリエラちゃんも床を見る。辺り一面には雪崩《なだれ》でも起きたように部品が転がっている。その数は十や二十ではない。

「これ全部がか？」

「そうだよ。あとで溶かして再利用するから踏んでも平気だぞ」

「いやそういう問題じゃ……というかなにを作ってるんだ？」

「決まってんだろ？　お前をぶっ飛ばすためのからくりだよ！」

ドミナちゃんは腰に手を当て自慢げな笑顔で堂々と答えた。そのまま彼女はリュート君の顔を指さす。

「忘れてねーだろうな？　あたしの目標はお前をぶっ飛ばすからくりを作ることだぜ」

「はははっ、そうだったな」

「なんだよ余裕見せやがって。見てろよ！　すぐにでもお前をぎゃふんと言わせるからくり兵器を作ってやるからな」

「ああ、期待してるよ」

笑顔で答えたリュート君にドミナちゃんはイラッとしたのだろう。わかりやすく表情に表れていた。

「ぐぅ……その頑張れみたいな顔、腹立つな！　つか何しに来たんだよ！」

「朝食の時間だから呼びに来たんだよ」

「ん？　あ、ホントだ。もうこんな時間だったのか。ちょっと待っててくれ。奥で着替えてくるから」

「おう」

それから数分経過して、着替え終わったドミナちゃんが奥から戻ってきた。着替えたといっても同じような服に替えただけで見た目に大きな変化はない。

彼女は着慣れた服装が好きみたいで、同じものを何着も持っているらしい。

「待たせたな」

「……」

「ん？　なんだよ？」

「いや。朝食の場に行くから着替えたんだよな？　ドミナってやっぱり真面目だなと思って見てただけだよ」

「んな！　からかってんじゃねーよ！　飯食う場所に汚れた格好で行ったら迷惑だろうが！」

「そうだな。その通りだ」

リュート君を倒すなんて物騒なことを口にしながら、ちゃんと周りのことを考えて気遣っている。それがとても微笑ましい、とリュート君も思っているに違いない。

からかっているつもりはなく、本心からそう思って口にしただけだろう。照れるドミナちゃんを普段通りのリュート君が対応しながら、私たちは苗木まで足を運ぶ。

「どこ行くんだよ。こっちは屋敷じゃねーだろ」

「苗木を見に行くんだよ。元はそのつもりで来たんだ」

「へぇ～　別に毎日見に行かなくても心配いらねーだろ」

「心配というか楽しみなんだよ。ちゃんと成長しているところを見るのが、な？」

そう言ってリュート君は私に同意を求めてきた。私はもちろんと答えるように頷いて、ドミナちゃんと目が合う。

「あの苗木は私たちの目標だからね。期待してるんだ」

「そっか、目標か。じゃあ楽しみだな」

「うん」

「あたしもこいつをぶっ飛ばす日が楽しみだぜ」

「あはははっ……」

私としてはそんな日が来ないでほしいと思うけど……。

ドミナちゃんの純粋でまっすぐな期待の眼差《まなざ》しを見てしまうと、なんだか叶《かな》ってほしいとも思える複雑な心境になるよ。

そんなことを考えながら歩いていくと、私たちが向かう先には透明な壁に覆われた四角い建物が見えてくる。

明らかに周囲の建物と合っていない建造物こそ、私たちが苗木を育てるために作った専用の施設だ。

空調や温度管理を徹底して、苗木が順調に育つよう見守るために作り上げた。主に作ってくれたのはドミナちゃんだけど。

扉を開けると、ロドムさんから聞いていた通り先客がいた。彼は苗木の前でちょこんと腰を下ろしている。

「アルマ君」

「レナさん――!?　皆さんもどうされたんですか?」

私が声をかけて振り返ったアルマ君は、一緒にリュート君たちもいることに驚いていた。そして勢いよく立ち上がり、怯《おび》えるようにオドオドする。

「あ、驚かせてごめんね?　みんなで苗木の様子を見に来たんだ。その話をロドムさんにしたらアルマ君が先にいるって聞いて、もうすぐ朝ごはんだから呼んでくるようにお願いされたの」

「そ、そうだったんですか。すみません、わざわざ」

「謝る必要ないって。俺たちも元から苗木の様子を見に行くつもりだったんだ。ついでだよ、ついで」

「あ、はい。すみませ、じゃなくて!　ありがとうございます」

「感謝することでもないけどな」

と言いながらリュート君は嬉しそうだ。アルマ君はちょっぴり臆病で、いつも周りの視線ばかり気にしていた。初めて会った時も、いきなりリュート君に頭を下げて謝罪していたし、謝り癖ができてしまっているみたいだ。

だけど少しずつそれも払拭されている。この国に来てから彼の中で自信がつき始めているのだろう。すごくいいことだ。

「アルマ君、苗木はどう?」

「はい。見ての通り昨日と大きく変わっていません」

「そっか。じゃあ順調だね」

「はい。順調です」

私たちの視線は、三本の苗木に集まった。世界樹を元にして錬金魔法で生み出した新しい植物。世界樹が枯れてしまった後を支えるために作った希望の芽はどんどん大きくなっている。

「このまま上手《うま》くいきそうだな」

「そうだといいね」

「順調なんだろ?　じゃあ大丈夫なんじゃねーの?」

「大切なのは育った後なんだ。最初の一本は成長しても、それが次に繫《つな》がらないと駄目だからね。まだまだ気は抜けないよ」

この三本の苗木にはそれぞれ特徴がある。それは繁殖の仕方だ。異なる成長を遂げて、次の芽に繋がるかどうか。今まで世界樹という大きな一柱に支えられていた生活を、小さくとも確かな木々で支えていく。

私たちが目指しているのは、世界樹に頼らなくてもいい未来なんだ。そのための第一歩がこの苗木たちで、この方法が上手くいけばこの国だけじゃなくて世界中が亜人種にとって住みやすい場所になる。

そういう未来があると知ってもらえたら、きっと多くの種族が手を取り合い幸福な日々を送ることができると思っている。

「もしも上手くいかなくても、また次の方法を考えよう。念のために今から探しておいたほうがいいかな」

「ぼ、僕もお手伝いします！」

「物作りならあたしも協力するぜ！」

「ありがとう。二人とも」

頼もしい言葉をくれた二人に感謝の気持ちが溢れてくる。今の生活で精一杯だった中から、唯一私たちに協力してくれた二人だ。心強いに決まっている。

「おほんっ！　盛り上がるのはいいんだがな。その前に朝食だ」

「お、そうだったな。爺さんが待ってるから行こうぜ」

「あ、待ってください。すぐに戸締りをしますから」

「私も手伝います。ドミナさんも手伝ってください」

「わかってるよ」

ドラゴン、ドワーフ、エルフ。異なる種族が手を取り合い一つのことに取り組む。私たちが目指す未来の光景が、すでに目の前で広がっている。

苗木のことだけじゃない。彼ら彼女たちが見せてくれる光景も、私たちにとって大きな希望に違いない。

「俺もだからな」

「え？」

「俺も協力する。さっきの話だ。だからまぁ、無茶するなよ？　お前が倒れたりしたら、俺は悲しいからな」

「うん。ありがとう、リュート君」

さりげなく優しい言葉をかけてくれる彼を見て、胸の奥がドクンと激しく動く。私は人間で、彼らとは大きく違う。それでも一緒にいたい。一緒にいていいんだよと、彼の笑顔が心を繋いでくれている。

出会った日からずっと、彼の優しさは私の心を支えてくれていた。

「戸締りできました」

「おーし、そんじゃ爺さんのところへ急ごうぜ！」

「お兄様」

「ああ。行こうか、レナ」

「うん」

私はレナだ。聖女じゃない。ライナじゃない。ただの魔法使いだった。

聖女として振舞っていた時期もある。ライナの代わりに聖女として生きて、突然そんな日々は終わりを迎えた。

一時は悲しみに暮れて沈み込んでしまいそうになった私に、リュート君が手を差し伸べてくれた。彼の大きな背中に乗って、沈みそうだった心と一緒に大空へ飛び上がって。

たどり着いた先で、私は魔法使いになった。

ただの魔法使いじゃない。

遠い遠い昔話に登場する幻の大国。ドラゴンが治めた伝説の国ドラゴニカの魔法使い。ドラゴンと共に生きる……この世界でたった一人の魔法使いに。

第一章　闇夜に生きる者たち

闇を好む者たちがいる。動物、昆虫、植物……この世界に生きる者たちの中に一定数存在する夜の住人たち。

彼らが闇を好む理由は様々だ。単に居心地がいいからという場合もあれば、夜のほうが獲物を狩りやすいという現実的な理由もある。

これらはあくまでも前向きな理由だ。中には後ろ向きな理由で闇に、夜に生きる者たちもいるだろう。たとえばそう……太陽に嫌われている、とか。

「マナが濃い。本当に世界樹は復活したんだな」

「そのようですね。どうされますか？」

月を背にして世界樹と街並みを見下ろす者たち。彼らの瞳は暗闇で赤く輝き、遠方の物体を正確に捉えることができる。

人間の目には豆粒ほどの大きさにしか見えなくとも、彼らにはハッキリと輪郭まで見えている。

「そうだな。もしかすると、我々にとっての希望になるかもしれない」

「では……」

「ああ」

彼らが見つめる先は世界樹ではない。一時的とはいえ世界樹を復活させ、人間の身でありながら膨大な魔力を宿す魔法の天才。

「あの娘を……手に入れよう」

竜国を導く魔法使いレナ。彼女の存在を求めていた。

◇◇◇

朝食を終えた私は、アルマ君と一緒に苗木を観察しながら改良の余地がないかを話し合うことにした。

「成長速度をもう少し上げたいと思うんだ」

「僕もそう思っていました。今はいいですが、これを世界中に植えたとしても、小さいままだとマナの生成量が少なすぎます」

「そうだよね。できれば苗木から種をつけるまでの速度をあげたい。たとえばなんだけど、成長が早い植物を錬金魔法で合わせるとかどうかな？」

「できなくはない、と思います。ただ……合うかどうかは試してみないとわかりません」

「じゃあ何本かは実験で使わないといけないね」

苗木が成長したらその枝や葉っぱを使うのはどうだろうか？

錬金魔法で作り出した新種とはいえ、元は世界樹の枝だった植物だから条件は極めて近いはずだ。それに世界樹の枝を折って使うのは、残り少ない寿命を削ることになる。

老木を頑張らせ過ぎないためにも、新しく成長した苗木を活用していったほうがいい。

「でも、苗木の成長にはまだ、時間がかかります」

「そうだね。最初の数本だけは我慢してもらうしかないかな」

「そうですね。僕たちにできることは、なるべく少ない材料で成功させること、だと思います」

「うん、その通りだよ」

話がまとまった私たちは、世界樹の枝を使う許可を貰うため、屋敷にいるリュート君のもとへ向かうことにした。

「ぼ、僕はここに残っています」

「一緒に行かないの？」

「はい。確認するだけなら一人で大丈夫ですし、その……」

「わかったよ。じゃあ行ってくるね」

私がそう答えると、アルマ君は申し訳なさそうな顔をして、お願いしますと頭を下げた。

答え辛《づら》そうだったからムリには聞かなかったけど、なんとなく理由はわかる。

「アルマ君、まだ遠慮してるのかな」

この国での生活には慣れてきたみたいだけど、まだ少しだけ私たちに対する遠慮が見られる気がする。特にリュート君には顕著だ。

彼がドラゴンで、この国の王子様だから萎縮してしまうのだろうか。リュート君もどうにか自然体でいてくれる方法はないかと悩んでいた。

アルマ君も遠ざけているわけじゃないし、二人とも歩み寄る姿勢は見せている。きっとそう遠くない未来で、打ち解けてくれると信じている。だから今は何も言わない。

「弟を見守るお姉さんってこういう気持ちなのかな？」

そんなことを考えながら私は屋敷に向かった。

「――ん？」

ふいに視線を感じた。いいや視線……だったのだろうか？

誰かが私のことを見ているような気がした。一瞬だけのことで、今はもうまったく感じない。

「気のせい……かな」

視線だとは思うけど、どこから見られているのかはわからなかった。今日は風もちょっぴり強いし、風で何かが動いてそれを視線と勘違いしたのかもしれない。

と、自分を納得させる理由を作り出して、私は再び屋敷へ向かって歩き出した。

「……本当に――」

気のせいだったのかな？

歩きながら思う。一瞬だけ感じた視線は、友好的なものではなかった。敵意、もしくは攻撃の意思だろうか。

獣が獲物を狙っているかのような……そういう視線だった。

悶々《もんもん》としながら歩く速度を普段よりもあげて屋敷へと向かう。一人でいることが不安で、早くリュート君のもとへ行きたかった。

私は屋敷の中に入ってからも駆け足で進み、リュート君がいる執務室の扉をノックする。

「どうぞ」

中からリュート君の声が聞こえて、私は扉を開ける。

「レナか」

「リュート君」

彼の顔を見てホッとして、思わず肩の力が抜ける。気の抜けた表情とため息がこぼれて、リュート君は首を傾《かし》げる。

「どうかしたのか？」

「あ、ううん、なんでもないよ。苗木のことでちょっと相談したいことがあったんだ。聞いてもらえないかな？」

「もちろんいいぞ。ちょうどこっちの仕事も一区切りついたところだ」

「ありがとう」

そう言って彼は椅子から立ち上がり、部屋の中央にあるソファーのほうへ移動し腰を下ろした。リュート君は私に向かい側に座るよう手で合図する。

「すぐ終わる話だよ？」

「いいから座れ。話をするときくらい身体を休めておいたほうがいい。特にレナはな」

「私は大丈――」

「大丈夫でもいいから座れって。座らないなら話は聞かないぞ」

リュート君は意地悪な顔でそう言った。話を聞いてくれないのは困るので、私は言われた通りにソファーへ腰を下ろす。

「リュート君って時々ずるいよね」

「なんとでも言ってくれ」

「自分だって仕事ばかりしてる癖に」

「俺はドラゴンだからな。人間よりも体力はあるんだよ。ひと月寝なくても平気なくらいにはな」

「え、そうなの!?」

それは初めて知った。ドラゴンってひと月も眠らないで生きていられるんだね。

人間なら一日眠らないだけでも命に関わることだってありうるし、ずっと起きていることで頭にダメージが蓄積されると言われている。

改めてドラゴンと人間の違いを感じさせられる情報だった。

「ドラゴンの身体ってすごいんだね」

「丈夫だよ。人間の何十倍もな。そんな俺と同じくらい頑張ってる人間がいたら、心配するのは当たり前だろ?」

「うぅ……そう、だね」

「頑張ってくれるのは嬉しいけどな。俺が平気だから自分も大丈夫、なんてことは考えないでくれよ? レナは人間なんだから」

「……うん」

そう、私は人間だ。

この国で唯一の人間。リュート君たちドラゴンとは違う。見た目は同じ人間でも、中身はまったく別の生き物だ。

自覚はしている。だけど、改めてそう言われると……ちょっと寂しい気持ちになる。我ながら我儘《わがまま》だと思う。

リュート君は私を心配してくれているだけなのに、それじゃ嫌だと感じているんだから。

「リュート君、苗木のことなんだけどね」

それから私は彼に、アルマ君と話したことをかみ砕いて説明した。数分で話し終わって、最後まで聞いてくれたリュート君の返事は……。

「もちろんいいぞ。未来へ繋がることなら止める理由はないな」

「ありがとう、リュート君」

「別にいいって。というか、そのくらいならわざわざ俺に許可を取らなくてもいいんだぞ？」

「それはダメだよ。世界樹の中にはリュート君のお母さんもいるんだから」

世界樹はただの大木じゃない。マナを作り出す源であり、リュート君のお母さんの魂が宿っている大切な場所だ。

私だけの意思で勝手に枝を折ったり加工したり、そんなことをするのは失礼だと思った。

「律儀だな。レナがやりたいことなら母さんも気にしないと思うけど」

「私がそうしたいんだよ」

必要ないと言われても私は彼のところに許可を貰いに行くだろう。リュート君と話をする口実になるから、とか。

私的な理由も含んでいることは、恥ずかしくて口にはできないな。

「ところで、リュート君は何をしてたの？　お仕事って言ってたけど」

「ああ、他の種族たちの居場所を探ってたんだよ」

「探ってたって、どうやって？」

「今まで手に入れた情報と彼らの特性を考えて、どの辺りの環境が彼らが隠れ住むのに適しているか予想を立てていたんだ」

彼は話しながら立ち上がり、さっきまで座っていた椅子の方へと向かった。テーブルから一枚の紙を手に取り、私の前に戻ってきて広げる。

彼が持ってきたのは世界地図だった。いくつか書き込みがされていて、何カ所か大きな円が描かれている。

「こんな感じに予想していたんだ。苗木も順調みたいだし、そろそろ他の種族を探しに行きたいなと思ってね。苗木を世界中に植えるためには人数がいるだろ？」

「そうだね。私たちだけでするのはちょっと無理かな」

「だよな。だから並行して、国に戻ってきてもらえるように説得して回りたいんだが……中々場所の特定が難しくて困ってたんだ」

「そうだったんだ」

地図を改めて覗《のぞ》き込むと、難航した跡が見受けられる。丸を描いてやっぱり違うとバッテンで消したり、丸を途中まで描きかけてやめたりした跡がある。

一見ただ地図に落書きをしているように見えるけど、リュート君のことだから深く考察しながら予想を立てていたに違いない。

「ねぇリュート君、私に手伝えることはないかな？」

「今のところはないかな」

「……そっか」

即答されてしまってしょんぼりする。大変そうな彼を見て力になりたいと思っていた私は、落ち込む様子がそのまま表情に出てしまった。

そんな私を見てリュート君は呆れたように笑う。

「落ち込むことじゃないだろ？　お前はお前で頑張ってくれてるんだから。俺がやれることは俺がやる。全部任せっきりは俺が耐えられないんだよ」

「ありがと。わかってるよ」

「本当か？　ま、お前には説得に行くときは必ず同行してもらうからな。その時は頼むぞ？」

「うん！　絶対置いて行ったりしないでね？　置いて行かれたら勝手に追いかけていくから」

「ははは、お前ならそう言うと思ったよ」

リュート君が笑う。冗談だと思われた気もするけど、私は本気で言っている。もし置いて行かれるようなことがあったら、たとえ世界の果てでも追いかけるつもりでいる。

私が見ていないところで彼に何かあってほしくない。私は人間で、彼はドラゴンだけど、幸い私には魔法という便利な力があるから。

「いつ行くか決まったら教えてね」

「おう。と言ってもなぁ。当面は行く予定はないぞ」

「そうなの？　そういえば私は、他の種族がどんな人たちなのか知らないんだよね」

「そうだったか。じゃあ軽く今のうちに教えておくよ。時間は大丈夫か？」

尋ねられた私は部屋にある時計に視線を向ける。ここへ来てからもう二十分くらいは経過していた。

「えっと、夜でもいいかな？　アルマ君が待ってると思うから」

「そうだな。じゃあ夕食の時にでも話すよ。ちょうどいいし、みんなにも聞いてもらおう」

「うん。よろしくね」

思った以上に長居してしまった。アルマ君をこれ以上待たせないように、私は急いでソファーから立ち上がる。

そのまま部屋を出ようと扉のほうへと向かい、扉に手をかけてピタリと止まる。この時の私は、屋敷へ向かう途中に感じた視線を思い出していた。

「ねぇリュート君」

「なんだ？」

「……他の種族って、みんな友好的なのかな？」

「どうだろうな。実際に会ってみないとわからない。種族ごとに考え方も違うし、俺たちのことを警戒してるかもしれない」

リュート君曰《いわ》く、種族同士の生活習慣や特性の違いから、竜国で一緒に暮らしていた時でもイザコザは度々起こっていたらしい。

そういう小さな溝があったのなら、バラバラになって個別に生活するようになり、さらに溝は深くなっているかもしれないと心配していた。

「結局は最初に言った通り、実際に会ってみないとわからないよ」

「そっか……」

「ああ。急にどうしてそんなこと聞いたんだ？」

「ちょっと気になったから。みんな仲良くできたらいいのにね」

私は誤魔化すように笑顔を見せ、リュート君に背を向けて部屋を後にする。彼の話を聞いた私は、形容しがたい不安を感じていた。

もしもあの時の視線が気のせいじゃなかったとしたら……私に対して敵意を向ける誰かがいるのだとしたら……。

これから探す他種族だったとして、私は仲良くすることができるのだろうか。亜人種の中には人間を快く思わない人もいるはずだ。

相手が私を心から嫌っていた時、どうすれば共に歩んでいけるのだろう。私にできることは……なんだろうか？

そんなことを考えながらアルマ君のもとに戻り、リュート君から許可を貰ったことを伝えて作業に取り掛かった。

そうして時間は過ぎて夕方になる。

「もうこんな時間ですね。レナさん、今日はここまでにしませんか？」

「そうだね。日が落ちる前に片付けをしよう」

「はい」

あれから視線の正体が気になってあまり集中できなかった。結局戻る時には何も感じなかったし、仕事中も普段通りだった。

「やっぱり気のせいだったのかな？」

「何がですか？」

「ううん、なんでもないよ。片付けも終わったし屋敷に戻ろっか」

「はい」

最後に戸締りもして私とアルマ君は施設を後にする。外へ出る頃には夕日も半分以上が沈んでいて、足から伸びる影はより濃く長くなっていた。

「今日は配合パターンの候補を出すだけで終わっちゃったけど、明日から実際に錬金を始められそうだね」

「そうですね。レナさんの魔法なら成功率も高いので、きっと上手くいくと思います」

「私だけの力じゃないよ？　前にも言ったけど、錬金魔法は素材への理解と完成のイメージが大切なんだから。アルマ君の知識が成功率を底上げしてくれてるんだよ。本当にアルマ君がいてくれてよかった」

「あ、ありがとうございます。もっと頑張ります」

アルマ君は嬉しさと照れが混ざったような表情を見せる。まだぎこちないけど、少しずつ砕けた表情を見せてくれるようになった。打ち解けている証拠だと思えてホッとする。

そんな彼の顔を微笑ましいと思いながら眺めていた時だった。

太陽が完全に沈む。日の光がなくなり、辺りが一気に暗くなる。夜になる瞬間には気温が下がることがあるけど、今日は特別寒かった。

ぶるっと身体が震えるほどに。

「今夜は冷え込みそうだね。アルマ君は寒くない？」

「え、僕はまったく」

「そうなんだ。私はちょっと寒いか――え？」

微笑ましさに気が緩んでいた。なんて言い訳をするつもりはないけど、油断していたのは事実だった。

前に踏み出した一歩が止められる。視線を下げると誰かに足首を摑《つか》まれていた。私の足元、影の中から伸びる手が一つ、二つと増えていく。

「な、なに!?」

咄嗟に逃げ出そうとした私だけど、影から伸びる手がそれを許さない。一瞬にして両足を摑まれて、そのまま影の中に引きずり込まれてしまう。

「レナさん！」

「アルマ君！」

アルマ君が手を伸ばす。だけど届かなくて、一瞬だけ指と指が触れ合った。最後に見えたのは、泣きそうな顔で私の名前を呼ぶアルマ君の顔だった。

私の身体は闇の中に引きずり込まれて、意識も深い水の中に沈んでいくように消えていく。

◇◇◇

屋敷の食堂ではロドムが夕食の準備をしていた。すでにリュートとサリエラ、ドミナも一緒にいる。

「珍しいな。ドミナが自分から来るなんて」

「別にいいだろ。偶々《たまたま》区切りがよかったから早めに切り上げたんだよ。感謝しろよな」

「なんで上から目線なんだよ。まぁいいけど」

「つーかレナとアルマのやつ遅くないか？　あんま待たせんなよなぁ」

「普段は自分が一番遅い癖によく言いますね」

リュートの隣でサリエラが小言を口にした。リュートも内心似たようなことを思っていたが、軽く笑って流す。

「確かにちょっと遅いかもな」

リュートは食堂の窓から外を見つめる。彼の目は暗闇でも景色を正確に捉えることができる。窓からはちょうど玄関へ向かう道の様子が見える。

彼はすぐに異常に気付いた。

「お兄様？」

「どうしたんだよ？」

「何かあったみたいだ」

そう言ってすぐに玄関のほうへと駆け出す。サリエラとドミナも戸惑いながら彼の後に続いた。ロドムは冷静に料理の手を止めてから動き出す。

廊下を駆けるリュートは一直線に玄関に向かい、勢いよく扉を開ける。

「アルマ！」

「リュートさん！　た、大変です！」

扉を開けた途端にアルマがリュートの袖を掴む。瞳は涙で潤んでいて、混乱と同時に慌てているのがわかる。

リュートが窓の外に目にしたのは、全力で屋敷に向かって走っているアルマの姿だった。彼の慌てた様子から何かあったと察し、もう一つの異変にも気付いていた。

屋敷に向かっていたのはアルマ一人だけ、そこにはレナの姿がなかったのだ。

「レナさんが、レナさんが！」

「落ち着けアルマ！　ゆっくり深呼吸しろ！」

「は、はい」

リュートはアルマの両肩をガシッと摑み、落ち着かせるために深呼吸をさせる。アルマもリュートの力強い両手を感じて混乱が弱まったのか、言われた通りに深呼吸をした。

「何があったんだ？」

「レ、レナさんが攫《さら》われました」

「なっ……」

「攫われた？　どういうことだよそりゃあ！」

ドミナの大声にびくりと反応したアルマは身体を縮こまらせる。

「ご、ごめんなさい。ごめんなさい」

「謝るな。とりあえずお前は無事でよかった」

「ドミナさん」

「う、べ、別に責めたわけじゃねーって」

サリエラにジトッと見られたドミナは慌てて否定する。突然のことでつい大きな声を出してしまっただけだとアルマに謝罪する。

「悪かった。だから泣くなって」

「はい。ご、ごめんなさい」

「あーもう！　リュート頼んだ！」

「わかってる。アルマ、状況を教えてほしい。なるべく詳しく頼む」

「はい」

それからアルマは三人の前で何が起こったのかを説明した。話すことが苦手な彼なりにわかりやすく丁寧に。

夜になった頃、突然影から手が伸びてきて、レナを引きずり込んでしまったこと。相手の顔や容姿は見えず、どこへ行ったのかもわからない。

情報だけなら最悪だった。だけどリュートは犯人にたどり着く。

「なるほどな。たぶんあいつらだな」

「心当たりあんのかよ」

「タイミングと方法、それにレナを狙う理由もわかる。まず間違いなくあいつらだけど、問題はどこへ行ったかだ。手がかりなしじゃさすがに捜しきれないぞ」

「て、手がかりならあります！」

声をあげたのはアルマだった。彼は涙をぬぐう。

「本当か？」

「はい！　レナさんが連れていかれる直前に、僕の指に触れたんです。その時にレナさんが

【ハンドシェーク】という魔法を発動していました」

「【ハンドシェーク】？　どういう魔法なんだ？」

「お互いの感覚を一時的に繋げる魔法です。繋げる対象は一つだけですが、レナさんは魔力を選択していました。今、僕の魔力とレナさんの魔力は繋がっています」

ハンドシェークの効果により、互いの魔力が繋がった状態のレナとアルマ。この状態の二人は、互いの魔力を強く感じることができる。

たとえ距離が離れていても、その方角や位置がわかる。端的に言えば、お互いの位置情報を共有している状態である。

「じゃあアルマにはレナの居場所がわかるのか？」

「はい。大まかな方角や位置だけなら……でも長くは続きません。距離が離れるほど効果は薄くなりますし、こうしている間にも共有する感覚は弱まっています。だから――」

「わかってる。今すぐに助けに行こう。案内してくれ、アルマ」

「はい！」

ことは一刻を争う。リュートの表情にも余裕はない。彼は人間からドラゴンの姿に変身しようとする。

「待てよリュート！　あたしも行くぜ！　レナがピンチなんだろ？」

「お兄様が行くなら私も行きます」

「……わかった。ロドム！」

「お呼びですか？」

リュートの呼びかけにロドムが答えて現れる。いつの間にか彼らに合流していたロドムは、使用人らしい振舞いを見せる。

「ロドムはここに待機してくれ。万が一、ないとは思うけどここが危険にさらされた時は頼むぞ」

「かしこまりました。その時は、この身に代えても死守いたします」

「頼む。みんな！　俺の背中に乗ってくれ！」

リュートはドラゴンの姿に変身する。月の光に照らされた漆黒の姿は、どの闇よりも深く吸い込まれそうなほど濃い。

「無事でいてくれよ。レナ」

その想いを届かせようとするように、三人を乗せた黒いドラゴンの彼は大空に飛び立つ。

◇◇◇

ぽつり――
冷たい何かが頬を伝って流れていく。それが水だと気付いた時には、私の意識は覚醒していた。だけど目を開けても暗くて何も見えない。

「ここは……？」

「目が覚めたようだな」

男の人の声が聞こえた。途端、周囲にあったかがり火に青白い炎が宿る。ただの炎でないことは明白だったけど、一番気になったのはそこじゃない。

目の前にいる彼、彼らの容姿だった。

赤い瞳はリュート君に似ている。けど別物で、どこか冷たく鋭い目つきをしていた。肌は全員女性のように白くて綺麗《きれい》で、耳はエルフのより緩やかに尖《とが》っている。

さらに口元には牙のようなものが見えて……僅かにだけど、彼らからは血の匂いがする。

「貴方《あなた》たちは……誰？　人間じゃない……よね」

「その通りだ人間の娘。我々は吸血鬼、バンパイヤだ」

「吸血鬼？」

その名は昔話でなんどか目にしたことがある。太陽の下に出られないことを代償に得た不死身の肉体と、血を吸うことを食事とする種族だと。

エルフやドワーフが実在したことを考えたら、どこかにいるのだろうとは思っていた。まさか彼らのほうから現れるなんて思わなかったし、こんな形も予想外だった。

私の手足は鎖で拘束されている。壁に杭《くい》を打ち付けられて、そこに鎖を通して腕を縛り、足

には重りをつけて止めている。

無理やり抜け出そうとすれば身体を傷つけるだけだろう。何より、逃げたくても彼らが許してくれそうにない。

数は目視できる限りで三十人程度だろうか。これで全員とは考えにくいし、他にも仲間がいるのだろう。

そろそろハンドシェークの効果も弱まってきた。アルマ君が咄嗟に私の意図に気付いてくれたおかげだ。たぶん今頃、リュート君の背に乗って向かっている。

アルマ君の魔力が近づいてくる感覚はあるんだ。待っていれば助けは来るとして、まだ時間はかかりそう。この鎖はただの鎖だ。魔法を封じられているわけではないみたいだから、この拘束を破壊するだけなら簡単だけど……。

「随分と落ち着いているみたいだな。さすがはドラゴンの末裔《まつえい》と共にいた人間だ」

「リュート君の知り合い……なの？」

「知らない仲じゃない。ただ、今はもう他人でしかない」

この口ぶりからして、彼はリュート君と仲が良くなかったのだろうか。リュート君が話してくれた、種族的に合わなかったという相手はもしかして……彼なの？

どちらにしても友好的な感じはしない。ただし今のところ、私を傷つけたりするつもりはないみたいだ。もし襲うだけなら、こうして話をすることもない。

つまりはまだ、交渉する余地がある。みんなが助けに来るまでの間に、彼らの目的と意思を知っておこう。

「どうしてこんなことをするんですか？」

「生きるためだ」

「生きる……ため？」

「そうだ。お前には我々が生きるための養分になってもらう」

養分？

協力とか手助けみたいな優しい言い回しじゃない。あの時に感じた視線……獲物を見定める獣のようだと感じたけど、どうやら間違っていなかったみたいだ。

ただわからないのは、養分とはどういう意味なのだろう。相手は吸血鬼だから、私の血を吸うために連れてきた？

そうだとしたら、どうしてわざわざ私だったのかが気になった。私はあえてキョトンとした表情を見せる。すると彼は口を開く。

「その反応、理解していないな？　どうやらお前は、我々のことを知らないらしい」

「ごめんなさい。吸血鬼のことは昔話で読んだことしかないんです」

「昔話か。所詮は人間の間で伝わっているものだろう。あんなものはなんの情報にもなっていない。我々は闇に生きる種族……光の下で語られることなど、全てまやかしだ」

難しい言い回しとしゃべり方から年季の違いを感じる。おそらく見た目よりもずっと長い年月を過ごしているはずだ。

外見だけの年齢なら私と同じか、リュート君くらいだろうか。私たち人間と違って、亜人種の場合は見た目と年齢は一致しない。アルマ君やリュート君を見てきたからよく知ってる。

「あの、もしよかったら教えてもらえませんか？　吸血鬼の、皆さんのこと」

「それを聞いてどうなる？」

「困っていることがあるなら力になりたいんです」

「力に……だと？　人間のお前がか？」

お前に何ができると言いたげな視線を向けられる。彼だけではなく、共にいる吸血鬼たちも同様だった。

彼らが人間を快く思っていないことは、今のやりとりだけでも明白だ。慎重に言葉を選ばないと彼らの敵意を刺激してしまう。私はごくりと唾を飲み、次の言葉を選ぶ。

「世界樹を復活させたのは私です」

「へぇ、あれをお前が？」

「はい。私の魔法で世界樹の時間を巻き戻しました。足りない魔力はリュート君たちにも協力してもらって。信じられないかもしれないけど本当です」

「……なるほど、急に世界樹が息を吹き返したと思ったらそういうことか」

予想していたよりあっさりと信じてくれた。もしかしたら話し合えるかもしれない。少しだけ光明が見えた気がする。

「私は人間だけど魔法は得意なんです。この力で私はリュート君たちと一緒にドラゴニカを再建したい。そのためにあの場所で働いていたんです」

「知っているさ」

「え？」

「見ていたからな。影を通して、お前たちが仲良く世界樹の後釜を作ろうとしていることも」

影……私を攫う時にも影から手が伸びてきた。彼らの固有の能力だろうか。少なくとも魔法ではなかった。

なら街中を歩いている時に感じた視線も、影の中から観察されていたということなのだろう。だから視線は感じても、どこから見られているのかわからなかったのか。

そのことに納得すると同時に、私は疑問を口にする。

「それなら私たちに協力してくれませんか？　新しい苗木が完成して世界中に広まれば、皆さんにとっても住みやすい世界になると思うんです！」

「悪いがそれはない」

「え、どうして？」

「世界樹の復活で確かに居心地はよくなった。マナが世界に広まったおかげだろう。そこは感謝している。だが、お前は根本的な勘違いをしている」

「勘違い？」

「お前たちが望む世界と、我々が望む世界は違うということだ」

そう語る彼の瞳からは憂いと悲しみが漂う。私たちが今日までしてきたこと、目指している理想を知りながら、彼は自分たちとは違うと否定した。そこには深い理由がある。私はそれを知りたい……ううん、知るべきだと思った。

「どうしてそう言えるんですか？」

「それは……いや、これ以上を語るつもりはない。話したところで無駄だ。それより時間だ。場所を変えよう。あまり長く居座ると見つかる危険が――」

その時、大きな揺れが私たちを襲う。

「なんだ⁉　この揺れは……」

「大変だ！　奴らがここを嗅ぎつけやがった！」

「なんだと？　こうも早く――まさかお前、伝えていたのか」

彼は睨《にら》むように私を見る。

どうやら思惑通り、リュート君たちがここを突き止めてくれたみたいだ。ハンドシェークの効力が弱まって近づいていることに気付けなくて少し不安だったけどよかった。

ただ話は途切れてしまった。そこは少し残念だ。

「くそっ！　まぁいい。ここから移動すれば済む話だ。あいつの飛行速度より俺の影移動のほうが速い！」

「ごめんなさい。それはできないです」

「は？　何を言って――!?」

ようやく彼は気付いたみたいだ。再び影を操って引きずり込もうとして、それがかなわないことに。

「どういうことだ？　なぜ影が動かない？」

「【シャドウレーク】、影を操る魔法です」

「魔法……だと？」

「はい。皆さんの影を操る力は魔法ではありませんが、結局は影を操っているだけです。それなら私の魔法でもできます」

彼が影を操るより先に、私が魔法で影を支配する。現在ここにある影は全て、私の支配下に置かれている。つまり、彼らが操ることはできない。

「いつの間に……」

「目が覚めてすぐです。気付かれないようにゆっくり範囲を広げていました。影の中に引っ張られるのは困りますから」

「くっ……」

その少し前――

◇◇◇

リュートたちは山岳地帯を飛行していた。ドラゴニカから数十キロ離れており、彼の飛行速度でも十五分ほどかかる。

「すっげぇ遠くまで来たけどあってんのか？」

「この辺りです。効果が弱まって正確な場所まではわからないですけど」

「大丈夫だ。ここまで近づけば見つけられる」

ドラゴンである彼の感覚は人間の何十倍も鋭い。それは視力だけではなく聴力や嗅覚もである。彼は覚えている。レナの匂いを。そして僅かな音の変化から、場所を見つけ出す。

「あそこの洞窟だ！　複数の気配がある」

場所を特定した彼らは急降下し、洞窟の入り口前に降り立つ。周囲の木々は風圧でなぎ倒され、窮屈だった入り口のスペースが広くなる。

「止まれ！　ここは我らの領域だ！」

「ぶ、部外者は立ち去れ！」

到着した彼らを出迎えたのは、武器を手にした若い吸血鬼たちだった。威勢のいいことを口にしているが、内心はリュートに怯えている。

それも当然だろう。ドラゴンの姿で降り立った瞬間を彼らは見ている。亜人種であれば誰でもが、ドラゴンの強さを知っている。

その彼が――

「やっぱりお前たちか、吸血鬼」

「っ……」

怒りを露《あらわ》にして目の前にいる。弱い種族であれば、この時点で逃げ出してしまっても不思議ではない。

「レナは中か？」

「な、なんのことだ？」

「惚《とぼ》けるのか、まぁいい。そこを退《ど》いてくれ。俺はレナとあいつに用があるんだ」

「と、通すわけにはいかない」

彼らは勇気を振り絞り、リュートに対して武器を向ける。

「邪魔をするなら、お前たちでも手加減できないぞ？」

「お兄様に武器を向けるなら私も黙っていませんわ」

「あたしもちょうど使ってみたいからくり兵器があったんだよ」

「……レナさんを返してください」

　リュート以外の三人もやる気は十分だった。戦力的にも劣勢だとわかるはずなのに、彼らは退こうとしない。そういう命令だから従っている。

「ったく、仕方がないな。じゃあ少し、痛い目を見てもらうぞ」

◇◇◇

「もうすぐリュート君たちがここへ来ます。できたら私は、リュート君たちとも一緒に話がしたいんです」

「話してどうなる？　言ったはずだ。お前たちと我々では求めているものが違う」

「だったら教えてください！　皆さんにとって大切なものはなんなのか！」

「知ったところで無意味だ！　どうせ理解などされない」

　互いの主張を言い合うだけ、会話は平行線だ。激しい音がこちらに迫ってきている。おそらくリュート君たちが戦いながらここに向かってきているんだ。

　彼の表情にも焦りが見える。

「くそっ、こうなったら仕方がない。この場でお前の血を吸いつくして――」

「そんなことさせると思うか？　プラム」

「――リュート」

「リュート君！」

　吸血鬼たちを押しのけて、リュート君が私の前に姿を見せる。助けに来てくれることはわかっていた。それでも、こうして彼の顔を見ると安心する。

　大丈夫だと思っていたけど、やっぱり不安を感じていたことを自覚した。

「レナさん！　大丈夫ですか？」

「まったく世話が焼けますね」

「思ったよか元気そうだな。安心したぜ」

「みんな……」

　リュート君だけじゃない。アルマ君にサリエラちゃん、ドミナちゃんも私を心配して助けに来てくれた。嬉しさで涙腺が緩みそうになる。

　今すぐ駆け寄ろうとして、手足を拘束されていることを思い出す、ガシャンと鎖が音を立てた瞬間、リュート君の表情が強張《こわば》る。

「プラム……お前、彼女に何をした？」

「っ――」

　私も初めて見る。リュート君の本気の怒りを。

　空気が軋《きし》むように震え、一瞬で喉が渇くほど周囲が熱くなる。怒りが彼の身体から熱として発せられている。

「お兄様！」

「お、おい！　落ち着けって！」

「私は大丈夫だよ！」

リュート君の激しい怒りを察知して、私たちは必死に宥《なだ》める。この鎖が彼の怒りを強めた原因だ。まずはこれを魔法で破壊する。ただ壊すだけなら簡単だから。

「ほら見て！　ちゃんと外れるから」

「なっ――」

プラムと呼ばれていた彼は驚いていた。私がわざと捕まったままでいたことに気付いていなかったみたいだ。一体彼がどの時点から私たちを見ていたのか疑問が残る。今はそれよりもリュート君に安心してもらわないと。

「私は何もされてないよ。だから落ち着いて」

「……本当に大丈夫か？」

「うん」

「……そうか」

周囲の熱が下がり、彼の怒りが収まっていくのを感じる。この場にいた全員が、ほぼ同時にため息をこぼした。

「プラム。説明してもらおうか？」

「……話すことなんてない」

「お前……自分が何をしたのかわかってるのか？　彼女が無事だったからよかったが、もしなにかあったら……」

「くっ、話すまでもないだろう？　生きるためにこの娘が必要だっただけだ」

私も聞いたセリフを彼は口にした。私にはハッキリとした意味はわからない。だけどリュート君は察しがついたのか、大きくため息をこぼす。

「生きるため……ね。それで彼女を利用しようとしたのか？　そんなこと、許されると思っているのか？」

「誰に許しが必要なんだ？　お前は昔からそうだ！　正論ばかり並べて、俺たちがどんな思いで日々を過ごしていたかもわかっていない！」

「プラム……お前……」

彼の悔しそうな顔を見て確信する。彼は、いいや彼らは悩みを抱えている。それは私たちにはない種族の違いによるものだ。

吸血鬼だからこその悩み……おそらく根本的な解決が難しくて、彼らも諦めてしまっているのだろう。

「プラムさん」

「――なんだ？」

「さっきもお願いしたんですけど、話をしませんか？」

「言っただろう。話したところで――」

「無駄にはしません。私が力になります」

まだ彼らが抱えている悩みも知らない。そんな状態で言い切ることは難しい。それでも今は、この場では強く示すべきだと思った。

私たちは敵ではないことを、力になりたいと思っていることを。そうしないと前に進めない気がしたんだ。

私たちが目指す未来には、彼らの存在も必要だから。

第二章　温もりを感じて

「……」

腕を組んで黙ったまま座るプラムさんを、私とリュート君は見守る。彼らが起こした騒動を収めて屋敷に戻り、かれこれ一時間ほど経過していた。

「おいプラム。いつまでそうしてるつもりだ？」

「俺は話すなんて一言も口にしていない」

「だったらどうしてついてきてくれたんだ？　本気で嫌なら逃げてもいいと言ったはずなんだがなぁ」

「……」

再びの沈黙。

プラムさんと私たちで話がしたい。そう吸血鬼の皆さんに伝えたら、彼らは抵抗することなく一緒にドラゴニカまで来てくれた。

今は街の中にある空き家を好きに使わせてもらっている。念のためにロドムさんたちが目を光らせているけど、特に問題は発生していないみたいだ。

彼らも元はこの街で暮らしていた。空き家の中には彼らの家も残っている。我が家の懐かしさのおかげか。もしくは世界樹に近づいたことで、安定したマナが供給されるようになって安心したのかもしれない。そうリュート君は言っていた。

「話してもらえませんか？　プラムさんたちが望む未来がなんなのか」

「話しても無駄だと何度も――」

「無駄にはしません！」

「っ……」

この言葉を口にするのは二度目だ。今は上辺だけの言葉だと思われても仕方がない。たとえそう思われても、私は何度でも同じことを言う。

簡単に信じてもらえるなんて思っていない。ただ、ほんの少しだけ歩み寄ってほしい。

「期待していないならそれでもいいです。少しだけ時間をくれませんか？　その時間で、私にできることに全力で取り組みたいんです」

「……どうしてそこまでする？」

「え？」

それは思わぬ質問だった。期待していた内容とは違うけど、彼の表情から真剣さを感じとれる。一瞬だけ驚いた私を見て、彼は続けて言う。

「お前は人間だろう？　ドラゴンでもない。我々のような亜人種でもない。魔法が使えるだけの人間だ。それとも俺にはわからないだけで、お前は人間じゃないのか？」

「……いいえ。私は人間です。見ての通り」

「……その人間のお前が、どうしてこの国のために働いているんだ？　お前たちはマナがなくても生活できる。この国の復活に、お前たち人間にとってのどんなメリットがある？」

「メリット……ですか？」

尋ねられた私は考える。竜国が復活することで、私にはどんなメリットがあるのだろうか。時間は三秒ほどだった。うーんと頭を悩ませた結果、私の口から出た答えは……。

「わかりません」

「……は？」

この回答は彼も予想していなかったのだろう。気の抜けた表情でわからないと答えた私に、彼は呆れと驚きが入り混じった表情を見せる。

「ごめんなさい。考えてみたんですけど、わかりませんでした」

「わからない……だと？」

「はい。質問されて気付いたんですけど、メリットとか考えたことなかったので」

「……」

竜国の復活が私にとってメリットになるのか。そんなことを考えたことは一度もなかった。考える余裕がなかったのもある。けれど一番の理由は、メリットを考えようとは思いつかなかったからだ。

どうして思いつかなかったのか。自分のことなのに思い返してようやく気付く。きっと私の行動原理が、自分のためじゃなくてリュート君やみんなの幸せのためにあったからだと思う。

今さら気付かされてスッキリした気分になる。そんな私を見ながら、プラムさんはぽかーんと呆気《あっけ》にとられていた。

「ふ……はははは っ！」

「リュート……」

「リュート君？」

「あー悪い悪い。あんまりにもレナらしい返答だなって思ってさ」

突然笑い出したリュート君は、潤んだ瞳を指で擦《こす》る。涙が出るほど面白いことだったのだろうか。私はキョトンとした顔をして、プラムさんは不服そうに彼を見つめる。

「なぁプラム、わかっただろ？ これがレナなんだよ」

「……」

「彼女はいつだって誰かの幸せを願ってる。目の前で困ってる人がいたら手を差し伸べずにはいられないんだ。お前たちに手を差し伸べたのだって、別にお前たちが特別だからじゃないぞ？ レナは相手が誰だろうと助けるための一歩を踏み出せる。男だろうが女だろうが、人間だろうが吸血鬼だろうが関係なく……な」

「リュート君……」

彼と目が合う。優しく微笑み返してくれて、思わず胸がドクンと高鳴る。私を褒めてくれる彼の言葉は恥ずかしいけど嬉しくて、私の心を温かくする。

「お前は知らないだろうけどな。彼女は少し前まで、人間の国で聖女をしていたんだよ」

「聖女？」

プラムさんが疑うような視線で私に確認を求めてくる。

「あ、はい。私は聖女じゃなかったんですけど、双子の姉が聖女でその代わりをしていて」

「代わり？　お前は聖女の力も持っているのか？」

「ありませんよ。私は魔法使いですから」

「……理解できないな」

今の話だけを聞いたらそういう反応になるのは当然だろう。聖女の力はないのに聖女をしていた……なんて意味がわからない。

プラムさんに経緯を説明しようかなと思ったところで、私よりも先にリュート君が口を開いた。

「彼女も苦労させられてるんだよ。お前たちとは違う理由で、ある意味ではお前たちより不憫《ふびん》な扱いを受けた。運命や力に振り回されているのは、別にお前たちだけじゃないんだぞ」

「……どういう意味だ？」

「さぁな。知りたかったら自分で聞けばいい。ただしそれは竜国にとって極秘だ。聞きたいならお前が話すべきことを話した後だ」

「え、リュート君？」

私の話って竜国にとってそこまで重要な秘密になっていたの？

初耳であわあわする私に、リュート君は耳元でそっと囁《ささや》く。

「まぁ見ててくれ」

「う、うん」

よくわからないけど、リュート君には考えがあるみたいだ。一先《ひとま》ず私は二人の会話を見守ることにした。

リュート君がプラムさんに言う。

「何度も言ってるけど、話したくないなら別に構わない。明日になったら出ていけばいい。俺もお前たちに無理やり協力させるつもりはないよ。そう言ってもお前は残るだろうけどな」

「……なんだと？」

「お前だって内心期待してたんじゃないのか？　何かが変わる予感が……いや、変わってほしいと思ったから俺たちについてきたんだろ？　レナを攫ったことだってそうだ。お前たちの目的は大方予想がつくけど、どうにも詰めが甘い。お前らしくないんだよな」

「お前に俺の何がわかる」

「わからないけど知ってるよ。お前は計算高い奴だ。感情的になることはあっても冷静さは保ってる。目的のためなら手段は選ばない。そんなお前に攫われて、彼女が無事なのがいい証拠だ」

リュート君の指摘に対してプラムさんは沈黙で返す。

彼ほどではないけど、私も不思議だなとは感じていた。プラムさんは攫った私を鎖で縛るだけで、それ以上のことはしていない。

それに攫った後も不自然だった。

彼は私の質問に答えてくれた。私のことを養分だと言い敵意を向けながらも、私を傷つけたりはしてこなかった。

もしかすると彼は最初から……。

「突然世界樹が復活して、その中心にいるのが人間の彼女だった。そんな彼女に興味を持った……そうだろ？」

「くだらないな」

「くだらなくはないさ。俺も同じだ。彼女を見つめて、興味を持って、賭けたいと思えたんだからな」

「……ドラゴンの末裔であるお前が、人間の娘に未来を賭けたと言うのか？」

「ああ。俺はこの選択が間違いじゃなかったと心から思っている」

リュート君から私に向けられる信頼と期待を感じとる。彼はまっすぐにプラムさんと目を合わせ、一度も逸らさない。

自分の言葉に、意思に偽りはないのだと示すように。その熱いまなざしが、ついにプラムさんの重たい腰を動かす。

「……いいだろう。お前がそこまで言うなら話してやる」

私とリュート君は互いに顔を見合わせて喜ぶ。

「ただし」

しかしすぐにプラムさんのほうへと視線を戻した。彼は真剣な表情でリュート君を見た後、私に視線を向ける。

「こちらから条件を一つ提示したい」

「条件？」

「そうだ。もしも納得のいかない結果に終わったなら、その時は我々の要求に必ず応えてもらうぞ」

「な、なんだよその条件！」

あまりに一方的な要求にさすがのリュート君にも少々怒りが見える。プラムさんは冷静なまま言葉を返す。

「聞けないなら話はなしだ」

「お前なぁ……」

「わかりました。それで大丈夫です」

「レナ!?」

呆れるリュート君を押しのけるように、私は勝手に返事をした。

「おい、わかってるのか？　あいつの要求は間違いなく」

「うん。私だよね」

彼が私に視線を向けた時点で察していた。彼が提示する条件はわからないけど、少なくとも私に対しての何かだということは確かだろう。

リュート君もそれに気付いていたからこそ反論してくれたんだ。

「大丈夫だよ。ちゃんと要望に応えればいいだけだから」

「簡単に言うけどな」

「それに、ここで引き下がったらプラムさんたちは二度とこの国には来てくれないと思うんだ。リュート君もそれは嫌でしょ？」

「……俺が一番嫌なのは、お前がいなくなることなんだけどな」

「え？」

それってどういう……。

呆気にとられた私に彼は笑いかける。

「わかったよ。俺はお前を信じてる。どんな問題だってお前なら解決できる！　百年変わらなかったこの国を前に進めたんだ。きっとできるだろ」

「う、うん！」

さっきのセリフの意味を聞こうと思った私だけど、そのタイミングを失ってしまった。

リュート君はプラムさんに宣言する。

「そういうわけだ！　お前の条件は聞いてやる。だから話してもらうぞ。お前が、お前たちの種族が抱える問題を」

「……いいだろう。ならば聞け」

話しながら彼は私にゆっくりと視線を向ける。

「魔法使い。俺が言ったことを覚えているか？」

彼の問いに私は無言で返す。いろいろと話した気はするけど、どのことだろうと首を傾げると、彼は続けて言う。

「お前たちが望む世界と、我々が望む世界は違う……そう言っただろう？」

「ああ……」

言われて思い出した。私が攫われた後に彼との会話の中で説得を試みた時、彼はそう言って私の言葉を否定した。

その時の表情はよく覚えている。彼の瞳からは憂いと悲しみが溢れ出ていた。

「あれがどういう意味なのかずっと気になっていました」

「そのままの意味だ。お前たちは世界樹に代わるものを生み出そうとしている。それによって世界をマナで満たし、亜人種の生活範囲を広げようとしているな？」

「はい。そうすれば、みんなにとって生きやすい世界になると思うから」

「……そうだろうな。亜人種にとってマナの枯渇は生死に関わる。お前たちのやっていることは正しい。だが、我々の生活にはさして変わりはない」

彼は語りながら右腕の袖をまくり肌を見せるように前に出す。改めて見ても女性のように綺麗な肌をしている。一度も日に焼けたことのないような柔肌だ。

「この肌……太陽の光を浴びたらどうなるか知っているか？」

「いえ、知りません」

「燃え上がるんだよ。真っ赤な炎に包まれて焼け焦げるんだ」

吸血鬼。彼らは不死の肉体を持っている。どんな傷を負っても死ぬことはない。仮に首を刎《は》ねられても生存できる絶対的な生命力を誇る。

そんなこの世の理《ことわり》から外れた力を持つ彼らにとって最大の弱点が太陽の光だった。彼らの無敵の肉体は、太陽の光を浴びることで燃え上がる。

身を焦がす炎はただの炎ではない。水をかけようと冷やそうと、太陽の光を浴びている間は決して消えることがない。一カ所でも光を浴びていれば燃え上がり、炎は全身に広がっていく。

そして……その炎でも死ぬことはできない。熱と痛みに襲われながら、死ぬほどの苦しみを味わうだけで……終わりはない。

彼らが死を迎えるのは、マナの完全な枯渇を除けば唯一……寿命だけだ。他にも多くの弱点を抱えている。炎、十字架、聖なる力……不死身の身体は相応の代価を支払っている。

それらは決して、彼らが望んで手に入れたものではなかった。

ここまで聞いた時点で、私はプラムさんたちが望む未来がなんなのかを悟った。

「仮に世界にマナが満ちたとしても、我々が生きられるのは夜だけだ。この国にいた頃からそうだった。皆が昼間に出歩く中で、俺たちはひっそりと影に潜むしかできない。日の光に怯えて静かになった夜の街を歩く……そんな日々だった」

彼の語りから当時の生活を想像する。私が最初に強く感じたのは、どうしようもない孤独感とやるせない気持ちだった。

「だが仕方がないことだとも理解している。強大な力を持っている故の代価だと……もっとも、俺たちに匹敵する力を持ちながら、代価を必要としない種族もいるがな」

プラムさんはチラッと一瞬だけリュート君に視線を向けた。リュート君もそれに気付いたけど何も言わない。

プラムさんがリュート君に強く当たる理由がわかった。

「もうわかっただろう？　お前たちが目指す未来でも、俺たちの居場所は今となんら変わらないということが。俺たちは夜にしか生きられない」

「……でも、皆さんもマナを必要としていることは同じですよね？」

「そうだ。俺たちもマナがなければ生存できない。ただ、他の種族と違って、俺たちは吸血することでマナを回復できる」

吸血鬼の名の通り、彼らは血を吸う。彼らにとっての吸血は、私たちにとっての食事と同じ意味を持つ。

マナとは生命力の源だ。彼らは他人から吸収した血液をマナへと変換して自らの栄養とすることができる。つまりは血を吸い続ければ、マナが枯渇した場所でも生存できる。

「特にお前のような膨大な魔力をもつ個体の血は格別だ。お前一人だけで、我々全員が数年生存できるだけの価値がある」

「そ、それで私を連れていこうとしたんですね」

「そういうことだ」

「じゃあ……さっき話してた要求ってやっぱり……」

私が彼らの栄養源になること。血を吸わせ続けることで彼らを生かす。保存食みたいな扱いを要求されるのだろう。プラムさんの要求は至ってシンプルだった。

「お前を頂く。その身が朽ちるまで、我々の食事となってもらおう」

私はごくりと唾を飲む。そういうことだと理解していても、ハッキリと公言されたら身構えてしまう。と同時に、改めて思う。

リュート君が散々指摘したことは当たっているのかもしれない。もし本気で私を食事にするつもりだったなら、鎖で繋ぐなんて生ぬるい拘束では済まなかったはずだ。

そうしなかったのは、彼らが少なからず私に興味を持ってくれたからだと思う。食事としての私ではなくて、人間の魔法使いとしての私に……。

「話してくれてありがとうございます。おかげで皆さんのことが少しわかりました」

「……それで、どうするつもりだ?」

彼の問いに私は数秒考える。

彼らの悩み、憂い、哀《かな》しみ……望む未来を手に入れるためにはどうすればいいのか。彼らが真に求めているものはなんなのか。

難しく考えるまでもない。彼らが願っていることは一つしかない。

「皆さんが太陽の下で生活できるようにしたいと思います」

「――――!」

プラムさんは目を見開く。私がそう言うと思っていなかったのだろうか。

今の話を聞いて、この答え以外にたどり着かない。彼らは夜に生きる種族だ。だけどそれは、彼らが望んだ結果じゃなくて、そうするしかなかったからだ。

彼らは羨ましいと感じているに違いない。日の光を浴びながら生活する私たちのことを……そういう普通を求めているのだと私は思う。

この考えが正しいのかどうかを確かめようと、私はリュート君に視線を向けた。すると彼は黙ったまま優しい表情で頷いた。

よかった。リュート君も同じ考えみたいだ。

「……そんなことができるのか？」

「世界中どこでも、というのは難しいです。ごめんなさい。だけど、この街の中だけでも皆さんにとって快適な空間にすることはできると思います」

「……方法はあるのか？」

「それは――……今から考えます」

申し訳ないけど今のところはノープランだ。私もそれ以外にないと思ったから提案しただけで、考えがすでにあるわけじゃない。

そんな私の返答に、プラムさんは大丈夫なのかと不安そうな顔を見せる。現時点で言えることは少ない。証明しろと言われても難しい。

「大丈夫だよ。レナができると言ったならできる。今までもそうだった」

「リュート君」

「レナの魔法使いとしての実力は確かだよ。聖女の奇跡を魔法で再現していたくらいだからな」

そんな時に助け船を出してくれたのは彼だった。同じ言葉ではあっても、自分で言うのと誰かが言ってくれるのとでは意味が違う。

リュート君の後押しを聞いたプラムさんは、しばらく考え込んで口を開く。

「ひと月だ。その間に結果を出してもらう」

「わかりました」

即答した私の耳元で、リュート君が囁く。

「いいのか？　さすがに短くないか？」

「あまり待たせても仕方がないでしょ？　それにさ。私もできるなら早く叶えてあげたいんだ」

「そうか。お前がそれでいいなら構わない。俺も協力する。アルマたちにも協力してもらおう」

「うん。ありがとう」

リュート君やみんなが手伝ってくれるなら、ひと月でも十分に試行錯誤できる。一人じゃないことの心強さが私に自信を与えてくれる。

「話はまとまったか？」

「はい」

「言っておくがお前らにも協力はしてもらうからな？　その代わり、レナの仕事が終わるまでこの街を好きに使っていいぞ」

「……いいだろう。洞穴よりはマシだ」

こうして、私にとって新しい挑戦が始まった。

◇◇◇

その日の深夜。

私とリュート君はみんなに集まってもらって事情の説明をした。遅い時間だったけど全員起きていてくれてよかった。

リュート君は、私のことが心配だったからだと言ってくれた。本当にそうだったら嬉しいし、心配をかけて申し訳ないとは思う。

「――ということになりました」

「大丈夫なんですかそれ？」

「たぶん？」

「たぶんって、わかってるんですか？　失敗したら自分がどうなるか」

サリエラちゃんが一番に心配してくれたのは驚きだった。彼女が優しいことはもちろん知っているけど、素直じゃないこともわかっているから。それだけ本気で心配してくれているということだろう。

「心配してくれてありがとう。サリエラちゃん」

「べ、別にレナお姉さんが心配とかじゃないですから。お兄様に心配をかけないでくださいという意味です！」

「ふふっ」

素直じゃないサリエラちゃんも可愛い。

微笑ましさを感じている私に、サリエラちゃんはムスッとする。その隣から、アルマ君が声をあげる。

「あの！　僕も協力させてください。こうなったのも僕がしっかりしていなかったから……」

「違うよ。アルマ君は私を助けてくれたんだからむしろ感謝してるよ」

「レナさん……」

「アルマ君にはいつも助けられてるよ。だから、また手伝ってほしいな」

「……はい！　頑張ります」

私が連れ去られたことに責任を感じていたみたいだ。アルマ君は優しいから、余計に心配させてしまっただろう。私はできるだけ明るく笑顔で彼に接する。

「面白いことになったなぁ。いいじゃんいいじゃん！　結果見せて黙らせるってことだな！そういうの嫌いじゃないぜ！　つーわけであたしも協力するよ」

「軽く言ってますけどわかってますか？　遊びじゃないんですよ」

サリエラちゃんが指摘する。対してドミナちゃんは腰に手を当てて答える。

「わかってるって！　本気でやるってことだろ？　物作りならあたしに任せとけ！　つっても魔法関係はわかんないけどな」

「ううん、とっても心強いよ。ありがとう」

「とりあえずまとまったな。それじゃ今日は解散だ」

「え？　さっそく始めるんじゃないのかよ」

キョトンとした顔をするドミナちゃんに、リュート君は時計の針を指さして言う。

「もう遅い。実際に動き出すのは明日からでいいだろう」

「あ、それもそっか。確かに眠い……ふぁーあ」

時間に気付いた途端、ドミナちゃんは大きな欠伸《あくび》をした。その欠伸につられるように、私も一気に眠気がくる。

私はウトウトしながらみんなが部屋を出ていくのを見守って、自分も部屋に戻ろうと立ち上がる。そしたら足に力が入らなくて、ふらっと倒れそうになる。

「あ……」

「っと、お疲れだな」

「ご、ごめんリュート君」

「いいよ。今日は特に疲れただろ？　だから特別だ」

そう言って彼は私を抱きかかえる。まるでお姫様と王子様のように。

「え、ちょっと」

「このまま部屋まで送っていくよ」

「だ、大丈夫だよ！　自分で歩けるから」

「立ち上がるだけでふらついていた癖になに言ってるんだ？　いいからもう休め」

休めって言われても、こんなにリュート君が近くにいたら休めないよ。ドキドキして胸の鼓動がうるさいし。けど……。

「無事でよかったよ。本当に」

「リュート君……」

「これからはなるべく傍《そば》にいるから。安心して眠ってくれ」

「……うん」

彼の胸から聞こえる鼓動は、私の心に安らぎを与える。肌の温もりも相まって、とても安心できる。

気がつけば私の意識はゆっくりと眠りに落ちていく。彼の胸に抱かれながら……。

大変な一日だったけど、今日見る夢はきっと幸せに満ちている。

◇◇◇

翌日の早朝。私は屋敷の書斎で調べものをしながら案を考えることにした。書斎にはリュート君とアルマ君も一緒にいる。

ロドムさんとサリエラちゃんは街にいる吸血鬼さんたちの様子を見に、ドミナちゃんは必要になったら呼んでほしいと言い残して工房へ向かった。

「確認したいんだけど、吸血鬼って太陽が苦手なんだよね？　光が駄目ってわけじゃないんだよね？」

「ああ。魔法の光とか人工的なものは平気みたいだぞ。太陽の光だけが問題だ」

「そっか。じゃあ太陽の光を遮断する結界……じゃ駄目だよね。そんなことしたら植物が育たなくなる」

何より彼らが求めている太陽の下で生活する、という願いを叶えられない。彼らが太陽の光を克服できたら簡単なのだけど、そういう身体である以上は不可能だ。

たとえば錬金魔法で身体を作り変える方法がある。ただし植物や鉱物と違って、動物の錬金は失敗する可能性のほうがはるかに高い。しかも予期せぬ形で失敗するから、私も怖くて試したことがない。

彼らの身体を保護できる何かが必要だ。ポーション……薬とか。そもそもどういう原理で身体が燃えているのかな？

病気に近いものなら治癒の効果を高めれば相殺できるかもしれないけど。

「リュート君、プラムさんに会いに行ってもいいかな？」

「構わないけどなんでだ？」

「聞きたいことがあるの。太陽と身体の関係を詳しく聞きたいんだ」

「わかった。あいつなら屋敷に近い家にいるはずだ。アルマも来るか？」

「は、はい。お邪魔じゃなければ」

リュート君はもちろんと答える。私たちは書斎を後にして、プラムさんがいる家を訪ねることにした。

そこは屋敷と目と鼻の先。彼が以前まで暮らしていた場所だという。

「プラム！　いるか？」

「――リュートか。何しに……お前たちも一緒か」

「こんにちは。プラムさん」

「こ、こんにちは」

怖がりながら挨拶をしたアルマ君を一瞬だけ見て、彼は私とリュート君に問いかける。

「何が聞きたい？」

「話が早いな。レナ」

「うん。太陽と身体の関係について詳しく聞きたくて来ました。少し時間を貰ってもいいですか？」

「わかった。中に入れ」

　プラムさんに案内され家の中に入る。構造は街にある他の家々と変わらない。大きな違いは、窓を全て閉め切っていることだろう。太陽の光が入り込まないように。

　明かりを灯《とも》した部屋でテーブルを挟み、私たちは向かい合う。

「太陽と身体の関係と言っていたな。どういう意味だ？」

「細かく知りたいんです。たとえば、太陽の光を直接浴びなくても燃えてしまうんですか？鏡に反射した光とか、水面の反射とか」

「同じことだ。元が太陽の光であれば影響を受ける」

　つまりは太陽の光であることが身体に影響を及ぼす要因になっている？

「じゃあ強弱はありますか？　曇りの日のほうが楽だとか。鏡に反射された光のほうが弱いとか。雨の日みたいに完全に太陽が隠れていたら平気なんですか？」

「強弱はある。反射された光の方が不快感は弱い。曇りの日も、雲が濃ければ外に出られる。雨の日は基本的に平気だ。ただし雲の向こう側に太陽があると、多少の不快感は消えないがな」

　いっぺんに質問してしまった私に、プラムさんは丁寧に答えてくれた。疑っていたわけじゃないのだけど、本当に協力してくれるらしい。少しホッとする。

　そして今までの話を総合する限り、やっぱり太陽の光であることが鍵になっている。日光の性質が彼らにとって毒なのか。それとも概念的なものなのか。

さらに詳しく調べてみたいと思う。

「プラムさん、試してみたいことがあるんですけど」

「なんだ？」

「私の魔法で太陽に近いものを作ります。その光が平気かどうか見てほしいんです」

「魔法で太陽を？　そんなことができるのか？」

「俺もそんな魔法は知らないぞ。もしかしてお前が作った魔法か？」

「うん」

私は頷いて答える。私が作った魔法だから、私以外は知らない。リュート君の前で見せたこともないから彼が知らないのも当然だ。

二人は驚いた顔をして互いに視線を合わせ、私のほうへと戻す。

「わかった。この場でできるのか？」

「はい。小さいので周りへの影響はありません。さっそく始めます。もし痛みや不快感が現れたらすぐに言ってください」

「ああ」

私は両手を前に出す。湖から水を掬《すく》い上げるような持ち方で構え、魔法の名前を口にする。

「【サンライズ】」

人工太陽を生成する魔法サンライズ。炎と光で太陽を再現したそれは、豆粒ほどの大きさにもかかわらず、部屋中を昼間のように明るく変化させた。

直視するのも難しいまばゆい光を放つ。あまり長く維持はできない。手のひらに伝わる熱が強烈で、私自身が耐えられないから。

「どう、ですか？」

「……眩しいな」

「すみません。えっと、それだけですか？」

「ああ。眩しくて……暖かいな」

そう言って彼は優しい目になる。

私はすぐに限界を迎えて魔法を解除してしまった。人工太陽が消えた時、プラムさんが寂しそうに見えたのは気のせいだったのだろうか。

「レナ。今のでわかったのか？」

「うん。プラムさんたちとって毒なのは現実の太陽だけみたいだね」

魔法で生み出した太陽は、見た目こそ似ているけど別物だ。炎と光で太陽を再現しているだけの作り物にすぎない。

ただし、発する光は太陽の光に限りなく近い。太陽光は複数の光で作り出されている。私の魔法は、本物の太陽より光の種類が少ない。

それなら話は簡単だ。

「太陽の光を一部だけ遮れば、皆さんも外に出られるはずです」

「本当なのか？」

「はい。あとは方法……太陽光の一部を遮断する結界を街に展開すれば……そのための術式と材料もいる」

「必要なものは俺が集めてくるよ。魔法の詳しい部分はわからないから、そっちはレナに任せる。アルマもサポートしてやってくれ」

「はい！」

話を聞きながらざっと構想も練った。人工太陽の魔法を結界に応用すればできるはずだ。現実味が出てきてやる気がさらにあがる。

「ありがとうございました！　必ず太陽の下に出られるようにしますから！　もう少しだけ待っていてください！」

「……ああ」

私は大きくお辞儀をしてプラムさんの家を後にする。

まず私がすることは街に展開する結界魔法を新しく作ることだ。その後で魔導具に作成した魔法を刻み込む。

魔導具に必要な材料はリュート君たちに揃《そろ》えてもらうことにした。魔導具そのものの作製はドミナちゃんに任せよう。

段取りを先に決めて、私たちはそれぞれの仕事へ向かう。

私とアルマ君は書斎に戻って魔法作成を始める。

「特定の種類の光だけを遮る結界……ですよね？」

「うん。難しいけど頑張って作るよ」

「はい。ぼ、僕もできる限りサポートします」

「ありがとう。心強いよ」

アルマ君の膨大な知識は大きな支えになる。彼がいてくれるだけで、調べるという工程を省くことができる。それはそのまま作業効率を向上させる。

「ベースはさっき見せた人工太陽の魔法を使おうと思うんだ。あの光で平気だったみたいだし、実際の光も同じところまで遮れたらと思ってるの」

「いいと思います。僕にもさっきの魔法の原理を教えてもらえますか？」

「うん。あの魔法はね？　太陽の光を――」

この日から私たちは毎日作業に没頭した。朝から夜まで書斎にこもって魔法の研究をしている私とアルマ君。リュート君はサリエラちゃんと一緒にあちこちの街へ飛び回り、必要な素材を集めてくれている。

ドミナちゃんはすでにある材料を使って魔導具作りを始めていた。そんな私たちをロドムさんが見守る。

一日、二日……一週間と経過していく。そうしていくうちに、私たちを見る目は増えていった。夜になると視線を感じるようになったんだ。

どうやら吸血鬼さんたちが興味を持って様子を見に来ているらしい。じろじろ見られながら作業をするのは少し恥ずかしいけど、私たちのやっていることに興味を持ってもらえるのは純粋に嬉しかった。

少しずつ、彼らが期待してくれているのがわかる。その期待に応えたい。私は彼らの視線も原動力にして作業を進めた。


作り始めてからちょうど十日。

私は自室で一人、こっそりと仕事の続きをしていた。リュート君には怒られるだろうとわかっている。それでも後少し、もう少しで完成する。

完成が目の前に迫っていると知ったなら、明日やろうなんて我慢はできなかった。

「リュート君も長旅で疲れてるだろうし、今日はもう寝てるよね」

だから大丈夫。バレる前に終わらせて、明日の朝にビックリさせよう。そんなことを考えていた時、ふいに部屋の扉が開いた。

「え、リュートく……プラムさん？」

てっきりリュート君に気付かれてしまったと思った。言い訳を瞬時に考えていた私の頭は、プラムさんの姿を見てリセットされる。

「えっと……どうしたんですか？」

「明かりが見えた」

「え、ああ、窓から」

部屋の明かりが窓から外に漏れている。屋敷の中にいると気付かないけど、外からなら丸見えだ。

「それで……」

結局何をしに来たのだろう。彼は一人、私の部屋に入ってきた。今さら何かされることはないだろうけど……それに、最初に会った頃よりも穏やかな雰囲気になっている。

あの時は怖かった。でも、今は少しも怖くない。

「様子を見に来ただけだ。もう他の奴らは眠っているぞ」

「そうですね」

「お前は寝なくていいのか？」

「寝ないといけないんですけど、もう少しで完成しそうなので最後までやってしまおうかなって。あ、リュート君には内緒にしてくださいね？　知られたら怒られるので。あははは っ……」

話した後で馴《な》れ馴《な》れしすぎたかなと後悔する。おかげで変な笑い方になってしまった。

「どうして、そこまでするんだ？」

「え？」

彼は唐突に、会話の流れも関係なく問いかけてきた。その問いはすでに一度聞いている。私にとってのメリットは何か。私はわからないと答えたはずだ。

今さら同じ質問をする意味を尋ねようと思ったら、それより早く彼は続ける。

「あの時、お前はメリットはわからないと言ったな？　だが俺には理解できない。なんのメリットもなく、他人のためにどうしてそこまでする」

「それは……」

「何かあるんじゃないのか？　お前自身がそうしたいと思える理由が、目的が……」

「目的ですか。そうですね……」

彼は疑っているのかもしれない。人間の私が竜国に協力していることに。なにか裏があるんじゃないかと。

少しずつだけど、彼は私たちに理解を示し始めている。この質問の答えは、きっと彼の身上に大きく関係するだろう。どう答えるべきだろうか。何を話すべきだろうか。

私は何も企《たくら》んでいない。目的なんて大層なものはない。

そう、私はただ……。

「リュート君に恩返しがしたいんです」

「リュート？」

「そうです。私はリュート君に助けてもらったんです。何もかも失って一人ぼっちになった時、彼が手を差し伸べてくれました」

聖女として生きた私はその地位を失い、空っぽになってしまった。孤独を感じていた私に、自分は味方だと言ってくれた人。リュート君の優しさがあったから、今の私はある。

その彼が望んでいる。

「リュート君が目指しているのは、賑《にぎ》やかだったこの国を取り戻すことです。私はその手助けをしたい。彼が望む未来を叶えてあげたい。それから……」

この先も、彼と一緒にいたい。私に目的があるとすれば、彼とこの先も共にあること。願わくは、この秘めた思いを受け止めてほしい。ただ、それだけなんだ。

「そうか」

私の話を聞いた彼は、そっと背を向けて扉のほうへ行く。

「邪魔をした」

「え、あ、いえ」

「……明日、楽しみにしている」

「――はい！」

◇◇◇

翌日。

私たちは街の中心に集まっていた。辺りの日陰には吸血鬼さんたちも集まってきている。

「ったく、まさか一人でこっそり仕事してたとはな……」

「ご、ごめんリュート君、怒らないで？」

「怒ってない。呆れてるだけだ。どうせお前のことだから、あと少しだし最後まで終わらせてビックリさせようとか考えたんだろ」

「あ、はははは……」

すごいよリュート君……まったくその通りだよ。

「でもさすがだな。期限はひと月だったのに、十一日で終わらせるなんて」

「私だけじゃないよ。リュート君たちも素材を集めてくれたし、アルマ君も協力してくれた。ドミナちゃんなんて一週間でもう魔導具は完成してた」

「あたしは作るだけだったからな。片手間で余裕だったぜ。暇だったから変形できるようにしようとしたんだけどさぁ」

「俺が全力で止めた。こいつは放っておくと兵器にしようとするから困るんだ」

私の知らないところで苦労があったみたいだ。でもおかげで予定よりも大幅に早く完成した。あとは実際に起動して試すだけだ。

「じゃあ起動するね」

「おう」

最初の一度だけ、私が直接触れて魔法を発動させる。あとは魔力さえ枯渇しなければ、半永久的に発動し続ける。

「いくよ」

魔法を発動すると、一瞬にして街を透明な結界が覆う。結界は展開時の一瞬だけオレンジ色の光を放ち、あとは肉眼では見えない透明な膜となる。

「見た目はわからないな」

「植物にも影響はないよ。もちろん私たちにもね」

私は吸血鬼さんたちに視線を向ける。彼らも変化には気付いている様子だ。だけどまだ戸惑っている。

「お、おい……なんだか嫌な感じがなくなった気がしないか？」

「ああ、でも大丈夫なのか？　だってまだ半月も経《た》っていないんだぞ？　そんな一瞬でどうにかなるのか？」

彼らにとって太陽の下を歩くことは夢であり、同時に長らく変わらなかった不変の現実だった。だから信じられず、一歩を怖がる。

「もう大丈夫です！　外に出てみてください！」

私が声をかけても、彼らは日陰の中で戸惑い続けていた。誰か一人でもいいから体験してくれれば……大丈夫だとわかれば。

その思いに応えるように、一人の吸血鬼が踏み出した。

「俺が行こう」

「プラム」

「プラムさん」

名乗り出た彼は、大きく深呼吸をする。

そして――

彼は初めて、太陽の下で暖かな光を感じた。痛みや熱ではなく、身体を優しく温めてくれる命の光を。

「これが……太陽……」

「本当に大丈夫なんだ……俺たちも外に出られるんだ！」

彼の勇気ある一歩のおかげで、他のみんなも次々に日の下へ飛び出す。光を浴びても燃え上がらない。痛みを感じない。

その興奮を全身で表すように飛び回り、子供のようにはしゃぎだす。

「楽しそうだな」

「うん」

よかった。この光景が見られただけで私は報われる。みんなから伝わる幸せな気持ちが、私の幸せになる。

「どうだ？　プラム」

「……腹立たしいよ」

「は？」

「こんなにもあっさり解決してしまうなんて……これじゃ、認めるしかないじゃないか」

そう答えた彼の瞳から涙がこぼれる。嬉しさと感動が、どんどん涙となって溢れ出していた。

こうして吸血鬼たちは、私たちと同じ日の当たる場所を歩ける仲間になったんだ。

第三章　余波

青空の下、力に自信のある男性たちがせっせと材木を運ぶ。額から流れる汗が大変さを物語っている。しかし誰一人、辛《つら》そうな顔はしていなかった。

むしろ彼らの表情は清々しいほどに幸福感と解放感に満ち溢れている。

彼らは人間ではなく吸血鬼。太陽の光を浴びることが許されなかった種族。そんな彼らは今、こうして燦燦《さんさん》と輝く太陽の下で働いていた。

「そこの資材は奥へ運べ。古くなった壁は一度取り外してしまって構わない」

「少々よろしいですか？」

「はい」

「通りから奥の二軒目の建物ですがかなり老朽化が進んでいるみたいです。内装を変えるだけでは少々危険かと思われます。いっそ取り壊して新しく建て直したほうが」

「そうか。そこに関しては我々の独断で決めることはできない。俺が判断を仰いでこよう。お前は他の作業に取り掛かれ」

「わかりました」

仲間に指示を出したプラムは現場を離れていく。彼が向かった先は、苗木を管理している施設だった。

そこには彼女がいる。吸血鬼にとっての不変を軽々と変えてしまった優れた魔法使いが。

順調に育っている苗木を観察して、成長と変化を日誌に記していく。今のところ比べるなら、三つの中で花が咲くタイプの苗木の成長が早い。次に実をつけるタイプが大きく成長している。

「思ってたより差が出始めたかな」

元にした素材の影響だろう。三本の苗木は順調に成長しつつも同じではない。この中で最も繁殖が安定するものを採用するつもりだ。

実際に種ができるところまで成長し、種から次の芽が出ることを確認できれば、次の植える段階に進めるだろう。

その段階までいくには、最短でも三か月くらいはかかりそうだ。

私が作業に集中していると、施設の扉がバタンと開く音がした。数分前に屋敷へ向かったアルマ君が戻ってきたのかと思って振り向く。

「レナ様」

「あ、プラムさん」

姿を見せたのはアルマ君ではなくプラムさんだった。私は作業の手を止めて、彼のほうへと歩み寄る。

「こんにちは。どうかされましたか？」

「お仕事中に申し訳ありません。建物の修繕作業を進めている中で確認したいことができましたので、レナ様にお話を」

丁寧な口調で説明を始めるプラムさん。私は話の内容よりも気になって、それがむず痒《がゆ》くて仕方がなかった。だから彼の会話を途中で遮る。

「あ、あのプラムさん」

「なんでしょうか？」

「その、前にも言ったんですけど、様ってつけるのはやめてもらえませんか？　話し方もそんなに畏まらなくて大丈夫ですからね？　もっと軽い感じのほうが……ほら、プラムさんたちのほうが年上ですし」

「いいえ、年齢など関係ありません。我々にとってレナ様は救世主なのです。敬意をもって接するのは当然のことかと」

「そ、そうですか」

なんだか以前よりも話し難《にく》くなってしまった気がする……。

街に結界を張って以来、プラムさんたち吸血鬼の皆さんが私たちに協力してくれるようになった。今は古くなった街の建物の修繕をしてくれている。

リュート君たちが定期的に見回ったり掃除はしてくれていたみたいだけど、さすがに数が多すぎて管理しきれていなかったみたいだ。

数百年以上前に建てられた建物も少なくない。よく見ると壁や天井が壊れていたり、老朽化で床が抜けそうになっている家もあった。

そのことには気付いていたのだけど、他にやることもあって修繕まで手が回っていなかった。

彼らが協力してくれたのは、まさにちょうどいいタイミングだった。太陽の下に出られたことで、昼夜問わず作業が進められる。

力仕事ばかりで大変な作業なのに、働いている彼らの表情からは不満なんて一切感じられなかった。それだけ嬉しかったのだろう。皆と同じように、太陽の下にいられることが。

プラムさんも、出会い方はハッキリ言って最悪だった。最初は私を攫って、敵意も向けられていたのが、今では真逆と言っていい。

私のことを敬う姿勢が全身から溢れている。とてもいいことなのだけど……あまりに畏まり過ぎていて、ちょっと窮屈ではある。

「そ、それで確認したいことってなんですか？」

「はい。老朽化がかなり進んでいる建物が見つかりました。修繕するより一度取り壊して再建築したほうがいいのでは、という意見が上がっています」

「そうなんですね。うーん……」

老朽化が進んだ建物で生活するのは非常に危険なことだ。安心できるはずの家が一転して危険地帯になってしまう。

あまりに古くなった建物なら、プラムさんの言う通り取り壊したほうがよさそうではあるけど……。

「ごめんなさい。建物を壊していいかは私じゃ決められません。そういうことは――」

「俺に聞くべきじゃないのか？」

私が言おうとしたことを先に彼は言った。

声がして扉のほうに視線を向けると、リュート君が手を振っている。

「リュート君」

「ああ」

「リュート……」

プラムさんはあからさまに不満そうな顔でリュート君を見ている。それに気付いたリュート君は苦笑いをする。

「見た途端に怖い顔するなよ」

「……何をしに来た？」

「ちょっと様子を見に来ただけだ」

「そうか。随分と暇をしているようだな。いいご身分じゃないか」

「お前なぁ……なんでそう棘《とげ》のあることばっかり言うんだ」

リュート君は大きくため息をこぼして呆れていた。

私に対しては敬う姿勢を崩さない彼も、リュート君に対しては変わらず当たりが強い。当のリュート君は呆れてばかりいた。

「まぁいいさ。建物の修繕の件で確認があるんだろ？」

「ふんっ、お前には話していない」

「いやいや、街のことなら俺に確認してくれ。この街、というか国の管理者は俺なんだぞ？この国の復興に協力してくれるっていうなら、ちゃんと俺の話も聞いてくれ」

「勘違いするな。俺たちは別に、お前に協力しているわけじゃない。あくまでもレナ様を支持しているだけだ」

鋭い目つきでリュート君を見ながら、プラムさんはハッキリと言い切る。このやりとりを見るのも何回目だろうか。

この二人が顔を合わせる度、まるで確認事項のように同じセリフを繰り返す。

「そのセリフは聞き飽きたよ」

「何度でも言おう。俺はお前の指示に従っているわけではない。レナ様がそうおっしゃるから協力しているだけだ。もしレナ様がお前と敵対するのなら、俺たちはお前の敵になる。そのことを忘れるな」

「わかったわかった。じゃあもうレナに聞くよ。悪いな、どんな内容だったか説明してもらっていいか？　途中からしか聞いてないんだ」

「あ、うん、わかったよ」

プラムさんからの質問や要望は私を通してリュート君に伝えられる。そしてリュート君からの指示は、私からプラムさんに伝えられる。

私は二人の間を取り持つパイプ役にいつの間にかなっていた。

「なるほど。そこまで老朽化が進んでるなら取り壊していい。ただ再建するときになるべく元の構造を保ちたい。間取りや外観は忘れないように記録しておいてくれ」

「……」

「というのをこいつに伝えてもらえるか」

「うん。わかったよ」

リュート君の表情から、面倒くさそうに感じているのがわかる。正直に言うなら、私も少し同じことを思っていた。

この二人の仲の悪さはどうにかならないものなのかな？

リュート君のほうはそれほどでもないし、プラムさんの態度が軟化してくれるだけで解決しそうではあるんだけど……。

「用は済んだのだろう？　屋敷へ戻ったらどうだ？」

「まだ来たばっかりだよ。そもそも俺はレナの様子を見に来たんだ。お前の質問に答えるために来たわけじゃないよ」

「俺はお前に質問などしていないぞ」

「あーもう面倒くさいな！」

今の二人からは仲良くなれる気配が感じられない。私は二人を見ながら苦笑いをする。

「はぁ、悪いなレナ。いろいろ負担かけちゃって」

「ううん、プラムさんたちが手伝ってくれるようになってよかったよ。おかげで今まで手が付けられなかった街のほうにも取り掛かれるしね」

「それはそうなんだけどどな。随分と前向きになってくれてよかった。それもこれもレナのおかげだ」

「その通りだ。お前にしてはよくわかっているじゃないか」

「だからお前は……もういいや。そろそろ戻るよ。また後で様子を見に来るからな」

「うん」

そう言ってリュート君は屋敷のほうへと戻っていった。あまりお話ができなかったのは残念だけど、また後で来てくれるみたいだし、その時に期待しようと思う。

日光を取り入れるように透明な壁で作られた施設。中にいながら去っていく彼の後ろ姿を見つめていると。

「……本当に様子を見に来ただけなのですね」

「え、そうですよ。リュート君忙しいのに、毎日ああやって様子を見に来てくれるんです。私だけじゃなくて、みんなのことを心配してくれてるんですよ」

「そのようですね」

あっさりと肯定したプラムさんに私は驚く。

彼のことだからまた、そんなことないとか悪態をつくのかと思っていた。彼も私と一緒にリュート君の後ろ姿を見つめている。その視線に敵意はなく、彼の言葉にはそんなこと知っているという意味が込められているように感じた。

「それでは自分も作業に戻ります。お時間を頂きありがとうございました」

「あ、ちょっと待ってください」

「なんでしょう？」

立ち去ろうとした彼を引き留める。本当は聞くつもりはなかったけど、今の彼の表情を見ていたら聞きたくなってしまった。私は自分の好奇心に従いながら、恐る恐る尋ねる。

「その、聞いていいのか迷ったんですけど……プラムさんってリュート君とは元々知り合いなんですよね？」

「ええ。この国で暮らしていた頃から面識はあります。生まれた時期も同じでしたから」

「そうなんですね。じゃあ二人は幼馴染《おさななじみ》……みたいな関係なんですか？」

「……形だけで言えばそうでしょう。もっとも以前からウマは合いませんでしたが」

それは見ていればわかる。私が知りたいのはその理由だ。

「プラムさんは……リュート君のことが嫌いなんですか？」

「そうですね。気に入らない奴だとはずっと思っていましたよ」

「今でも、ですか？」

「ええ。今も気に入らないです」

ハッキリと答えてしまえる。それはつまり、本気でそう思っているということだ。

私は少しだけ期待していた。口では悪く言っているけど、内心では違うんじゃないかと。今の返事も、そんなことないと言ってほしかった。

自分が好きな人のことを嫌いにならないでほしい。そう思うのは我儘なんだろうけど……やっぱり悲しい気持ちになる。

そんな私に気付いたのか、彼は続けて語り出す。

「あいつと最初に話したのは、お互い物心がついた頃でした」

「え、プラムさん？」

「ちょっとした昔話です。その頃はまだ……仲が良かったと思います」

「そう……なんですか？」

彼は小さく頷く。意外だった。二人にも仲が良かった時期があったことが。そのまま彼は続けて語る。

「年も近かったですからね。よく一緒に遊んだりしていました。ただ……共に時間を過ごす中で俺はあいつとの違いを感じていました。俺が夜にしか外に出られないのに、あいつは時間なんて関係なく自由に走り回って……それが羨ましかった」

「プラムさん……」

「俺は遊びたくても外に出られない。太陽の下を歩くあいつを見ていたら、少しずつ苛立《いらだ》つようになって……いつしか避けるようになりました」

彼は透明な壁に手で触れながら、太陽を見上げて黄昏《たそが》れる。

「それでもあいつは、何度も遊びに誘ってきました。外で遊べないなら部屋の中で一緒に遊ぼうと言って……だけど、当時の俺にはそれが耐えられなかった。憐《あわ》れみから近寄ってきただけだと思って、あいつの手をふり払ったんです」

「その後は……？」

「無理に誘って来なくなりました。会った時に挨拶を交わす程度です」

彼の話を聞きながら、私は彼とリュート君と屋敷で話した時のことを思い出す。強大な力を持つ吸血鬼とドラゴン。しかし吸血鬼には大きな代償があるのに対して、ドラゴンにはそれがない。

プラムさんはリュート君に視線を向けてその違いを語り、思うところがありそうな様子を見せていた。

その時から悟っていたけど、二人の間に生まれた亀裂は、種族としての違いが原因だったのだろう。ただそれなら、今は変わっていてもいいんじゃないか。

結界の中だけでも、彼らは私たちと同じように太陽の下を歩くことができる。その差が理由だったなら、今は歩み寄れるんじゃないか。

「今の話はあくまできっかけです」

「え？」

そんなことを考えていた私の疑問を見透かすように、彼は話の続きを語る。

「きっかけ？　他にも理由があるんですか？」

「ええ。一言で表すなら、そうですね……あいつがお人好《ひとよ》しだからです」

「え、え？」

予想していなかった言葉に困惑する。

お人好しだから気に入らない。そう言った彼には疑問しか感じない。

「あいつは昔から、自分のことより他人のことばかり気にするんです。母親が亡くなった時ですら、悲しさを隠して気丈に振舞い、俺たち……国民を不安にさせないように気を遣っていました。それが……俺には腹立たしかった」

「どうして……ですか？」

「自分にはできないと思ってしまったからです」

彼は話しながら屋敷がある方向へと視線を向けている。見ているのは屋敷ではなく、そこにいるリュート君だろう。

彼は続ける。

「他人の幸せのために死力を尽くす。自分が辛い状況でも、他に辛い思いをしている誰かがいれば放っておけない。あいつはそういう男です。対して俺は、自分のことしか考えていませんでした。他人を羨んで、優しさを遠ざけて……どうして自分ばかり不幸なのだろうと」

「それは、仕方がないことだと思います。だって、プラムさんたちはずっと大変な思いをしていたんですよ」

「ありがとうございます。ですが、レナ様ならわかっておられるでしょう？　不幸なのが自分だけじゃないことを。世の中に、苦しい思いをしたことのない者はいません」

プラムさんはリュート君が羨ましかった。恵まれていることを疎ましく思った。だけどそれだけじゃなかったみたいだ。

彼は知っていた。リュート君も時に苦しみ、悩んで生きていることを。リュート君は母親を失い、その後で国民からも見放されてしまっている。

サリエラちゃんやロドムさんのように残ってくれた者もいた。それでも賑やかだった国が静かになって、街を歩いても誰ともすれ違わない。

そのことに孤独を感じないほうが難しい。何より、大好きな母親が必死に守ろうとした国を守れなかった悔しさがリュート君の中にはあったはずだ。

そんな状況でも彼は――

「諦めずに国の復興を目指していた。そして今、着実に進み始めている。レナ様の貢献が大きいのも事実ですがね」

「私はただ、リュート君の力になりたかったから」

「そこも含めてです。あいつのひたむきさは他人を引き寄せる。あいつは強い。その強さが羨ましい……もうわかりますよね？　要するにただの嫉妬です」

「プラムさん……」

「笑っていただいて構いませんよ。俺はずっと、あいつの強さに嫉妬していただけです。だから……嫌いというわけではないんですよ」

そうして彼は最初の質問の答えに戻った。リュート君のことが嫌いなのかという問いに、彼は気に入らないと答えた。

それは決して、嫌っているという意味ではなかった。昔話をしている時の彼の表情がそれを物語っている。懐かしそうに、申し訳なさそうに目を伏せる場面がいくつもあった。

今の話が本心だとするなら、二人は……。

「仲直りしてほしいなぁ」

「レナ様？」

「え、ごめんなさい。えっと……」

つい思っていたことが口に出てしまった。私は慌てて両手を左右に振って誤魔化そうとする。

もちろんしっかり聞かれた後なので意味はない。私は笑いながら目を逸らし、少し考えてから深呼吸をする。

「二人の問題に、私が口を出すのは失礼かなって思ったんですけど。私は……二人が仲良くなってくれたらいいなって思うんです。せっかく一緒に過ごせるようになったのに、今のままはその……寂しいです」

「レナ様……」

これは二人の間の問題で、他人である私がとやかく言うことじゃない。そう自覚しながら我儘を口にした。

彼の話を聞いてしまったせいだろう。このままじゃ駄目だという気持ちが溢れてきて、言葉になって出てしまう。

これから一緒に過ごしていく仲間同士、手を取り合っていけるならそれがいい。嫌いじゃないのなら歩み寄ることはできないのかと。

私は自分の思いを訴え掛けるような視線でプラムさんを見つめる。すると彼は困ったような顔をして答える。

「正直なところを話しましょう。俺もどうしていいのかわからないんですよ」

「え……」

「長く敵視……いえライバル視ですか？　していたこともあって、今さらどう接していいのか自分じゃわからないんです。レナ様のおっしゃることを考えたこともありました。このままじゃ駄目だと思っても、いざ面と向かうと先ほどの通りになってしまいます」

「そう……だったんですね」

「ええ」

この時に彼が見せた微笑みは、今までで一番柔らかな表情だった。太陽の温もりを感じられるようになって、表情や態度もどんどん穏やかになっている気がする。

彼自身そこに気付いているのかはわからない。ただ、私に話をしてくれたことはいい変化だと思った。

なにか……大きなきっかけさえあれば、本心を話すことができるんじゃないのか。

そんなことを思った時だった。

竜国に邪悪な存在の雄叫《おたけ》びが木霊したのは。

「今の音って」

「外からですね。レナ様はここにいてください！」

「え、あ、ちょっ」

プラムさんが勢いよく施設の扉を開けて駆け出してしまう。引き留めようとした私の声を振り払うように。

ここにいてと言われた私は一人ぽつんと立ったまま数秒が経過する。

「わ、私も行かなきゃ！」

我に返り慌てて施設を飛び出した。

聞こえた声は狼《おおかみ》の遠吠《とおぼ》えに似ている。だけど狼とは違って音が低く、地面や空気が振動するような異質な音だった。

今までに聞いたことのないような声……だからこそ、動物ではないことがわかる。おそらく聞こえたのは魔物の声だったのだろう。

プラムさんが慌てて出ていったのはそういう理由だ。

施設を飛び出した私は、騒ぎが起こっているほうに向かって走った。どうやら吸血鬼さんたちも集まっている。場所は街の端、建物の一部が倒壊する音が響く。

「あれは……」

私の瞳は声の正体を捉えた。狼に似ていると思ったのは間違いではなかったらしい。見た目もよく似ている。だけど明らかに異なる。

大きさは狼の三倍はあるだろうか。毛の色も濃い灰色で、凶暴そうな顔つきと口に収まりきらない鋭い牙。餌を求める猛獣のごとき眼光で私たちを見ている。

それが一匹や二匹に止《とど》まらず、数十体が群れを作り私たちの街に踏み入った。

私を見つけたプラムさんが慌てて駆け寄ってくる。

「レナ様？　なぜ来られたのです？　ここは危険です」

「ごめんなさい。でも心配で……あれは魔物、ですよね？」

「はい。グレアウルフという魔物です」

「すごい数……」

グレアウルフは群れをなして獲物を狙う魔物だという。一匹一匹も強力だけど、複数匹で集まって自分より大きな獲物を狩ることもあるとか。そういうところは野生動物と変わらない。

いいや、一緒にしてしまうのは危険すぎる。魔物は動物とは強さが違う。

私は以前にワイバーンを追い払った時のことを思い出す。あの時はリュート君の背に乗って、雷を降らす魔法を使うことで無理やり道を作った。

同じように驚かせて追い返す方法は、今回は使えない。攻撃系の魔法を使えば街に被害が出てしまう。それに追い払っても近くにいるなら何度でも来るかもしれない。

追い払うのではなく、魔物を倒さないといけないんだ。

「私が……」

戦うべきだと思って力む。それを察してか、魔物の視線が私に向く。私のことを鋭い目つきで睨んでいる。

ぞっとする。その視線には紛れもなく、私に対する殺意が込められていた。

迫力だけなら変身したサリエラちゃんのほうが上だろう。数や強さも、以前に遭遇したワイバーンのほうがあると思う。

どちらとも対面し、対峙《たいじ》したことがある自分なら魔物とも戦えると思っていた。それなのに、今は恐怖を感じている。

今になって気付かされる。サリエラちゃんには明確な敵意はなかったし、ワイバーンの時はリュート君やみんなが傍にいてくれた。安心していたんだ。

そして今が初めて、魔物たちの敵意と殺意を一身に受けている。改めて私は、魔物が恐ろしい存在であることを認識する。

それでも、ここは私たちの国で、私たちの居場所なんだ。

「大丈夫です」

「プラムさん？」

恐怖を押し殺し、戦う覚悟を決めようとした私の肩にプラムさんが優しく触れる。突然で驚いて、身体がビクッと反応してしまった。振り返って顔を見合わせたプラムさんは、とても優しい笑顔を見せる。

少しだけ、その笑顔はリュート君に似ている気がした。

「ここは我々にお任せください」

「任せるって、プラムさんたちが戦うんですか？」

「ええ。戦闘なら我々が適任です。我々吸血鬼は本来、戦うことに特化した種族ですから」

そう語りながら私を置いて彼は魔物のほうへと歩いていく。他の吸血鬼さんたちも戦うつもりらしい。誰も恐怖している様子はない。

指や首を鳴らして準備をする者。いつでも戦えるように身構える者。いつも通りの自然体で構えている者もいる。

プラムさんも同じだった。魔物に向かっていく足取りに迷いが感じられない。なにもない道を歩くように、軽やかに進む。

「行くぞみんな！　奴らにこの地を荒らさせるな」

「「「おう！」」」

吸血鬼さんたちの返事が木霊する。その声が魔物たちを刺激したのか、一斉に襲い掛かってきた。それに合わせてプラムさんたちも前に出る。

彼らは一人も武器を所持していない。素手で鋭い牙を持つ魔物に立ち向かう。魔物はプラムさんたちに牙をむき噛《か》みつこうとする。

普通なら避《よ》けるはずだ。だけど彼らは避けようとしない。臆せず前進できる。噛みつかれる前に拳を振るって吹き飛ばしたり、あえて噛みつかせてから掴んで地面に叩きつけたり。

その戦い方はまるで負傷することを前提にしているように見えた。

いいや、きっとそうなのだろう。なぜなら彼らは吸血鬼、その肉体は不死なのだ。どんな傷を負っても瞬時に再生する。

プラムさんが言った戦うことに特化した種族という意味がそこにある。彼らは決して死なない。だからこそ、戦いに対する恐怖はない。

「太陽に比べたら魔物なんて可愛いものだな！」

「ああ！　ここに我らがいたことがこいつらの不運だ！」

誰も彼も、危険な戦いの中で活《い》き活《い》きとしている。そんな彼らだからか、見ているこっちも安心できる。

あっという間に魔物の数は減っていき、すでに数の差は逆転していた。あとは残りの魔物を倒すだけだと誰もが思っただろう。

「――ん、この気配は……」

私たちはほぼ同時に感じた。グレアウルフたちとは異なる威圧感を。

気配の場所へ視線を向ける。視界に捉える以前に、グレアウルフよりも強敵であることを察した。

周囲の気温が僅かに上昇している気がする。その理由は現れた魔物にあった。全身から炎を発する姿は、リュート君たちとよく似た……。

「サラマンドラ！」

「馬鹿な！　どうしてあんな魔物がここにいるんだ？　本来は火山とかにいる魔物じゃないの

か！」

サラマンドラという魔物については、以前に書斎にあった本で読んだことがある。地を這《は》う巨大なトカゲであり、その大きさは人間の民家を一口で呑《の》み込めるほど。最大の特徴は、全身を炎で纏《まと》っていることだ。

サラマンドラの身体は熱に強く、マグマの中でも生存できると言われている。さらに自身も炎を操る力を持っている。

グレアウルフを前に活気づいていた吸血鬼さんたちの表情が強張る。不死身の彼らが尻込みするわけは、彼らが抱える弱点の一つをサラマンドラが司《つかさど》っているからだ。

彼らの身体は炎に弱い。プラムさんから聞いた話によると、太陽に焼かれた時と同等の苦しみを味わうそうだ。それで死ぬこともできず苦しさが続く。まさに地獄のようだと。

弱点を前にして彼らの士気は一気に下がる。その時、怒声が響く。

「ひるむな！　我々はなんのためにここにいる！」

後ずさる者たちとは対照的に、プラムさんはサラマンドラへと近づく。大きく、確かな一歩を踏み出して叫ぶ。

「我々がこうして太陽の下にいられる理由を思い出せ！　ここは我らにとっても唯一の居場所だろう！　今の幸福は誰のおかげだと思っている！　我らがこの地を、レナ様をお守りするんだ！」

「プラムさん」

彼の力強い叫びは弱腰になっていた彼らを鼓舞する。後ろへと傾いていた重心が、気持ちの変化と共に前へと移動していく。

「覚悟を決めろ！　決死の覚悟を！」

彼らは一斉にサラマンドラを睨む。その視線がサラマンドラを刺激したのか、全身の炎がさらに猛々《たけだけ》しく燃える。

凄《すさ》まじい迫力の威嚇の後、サラマンドラは街に降り立とうと一歩を踏み出す。

「来るぞ！」

全員が身構える。

が、サラマンドラが動きを止めた。さらに視線は僅かに上へと移動する。プラムさんたちから視線を外し、サラマンドラが一人を見ていた。

彼が発する強大な力に気付いたようだ。

「――ったく、こういう時こそ俺を頼ってくれないかな？」

「リュート君！」

「リュート！」

視線の先にいたのはリュート君だった。彼は私の顔を見て安心したように微笑み、続けてプラムさんたちを確認する。

「みんな！　街を守ってくれてありがとう。あとは俺に任せてくれ」

そう言ってリュート君はサラマンドラを見る。彼の冷たい視線を前に、サラマンドラは後ずさる。先ほどまでとは立場が逆だ。

サラマンドラはすでに理解していた。どちらが強いのか、自分が狩る側ではなく狩られる側になったことを。

「ここは俺たちの国で、ここにいるみんなは大切な仲間だ」

彼は人の姿を脱ぎ捨て本来の姿へと戻っていく。青空を覆い隠し、太陽すら呑み込むような漆黒の姿へと。

「悪いが退場してもらうぞ」

サラマンドラが吠える。全力の炎を全身から放出し、リュート君に向かって飛びかかった。

彼は翼を広げてそれを躱《かわ》し、空中でサラマンドラを足で摑む。

「ちょっと熱いな」

サラマンドラの全力の抵抗をものともせず、彼は摑んだまま空高く飛びあがる。サラマンドラの身体は熱には強い。しかし、衝撃を吸収する力は弱い。

ドラゴニカの周囲にはたくさんの木々が育っている。その中には湖があり、リュート君が向かったのはその上空。

摑んだサラマンドラを振り上げて、全力で湖に叩きつける。

叩きつけられた衝撃はサラマンドラの全身に激しいダメージを与え、さらに水に入ったことで全身に纏っていた炎が鎮火される。

リュート君の活躍によってサラマンドラは無事に討伐された。


しばらく経ってリュート君が街へと戻ってくる。ドラゴンの姿で降下し、途中で人間の姿になって着地した。

私はリュート君のもとへと駆け寄った。

「リュート君」

「おう、ただいまレナ」

「おかえりなさい。サラマンドラは?」

「倒したよ。こっちに持ってくると邪魔になるから外に隠しておいた。あとで使えそうな素材は取りに行こう」

いつも通りのリュート君を見てホッとする。そこへプラムさんがゆっくりと歩み寄ってくる。

「終わったのか」

「おう。遅れて悪かったな」

「ふんっ、余計な――いや、助かった。ありがとう」

「おっ、珍しいな。てっきり余計なお世話だって言われると思ってたのに」

「そっちのほうがいいのなら言い直すが？」

「言い直さなくていい。感謝は素直に受け取らせてもらうよ」

二人は向かい合い、無言のままで数秒が経過する。いつもなら悪態の一つでも口にするプラムさんが我慢している？

無言のまま目を逸らしたりして、何か言いたげな雰囲気も醸し出していた。その様子から私は察する。今が二人にとって仲直りのきっかけになると。

プラムさんもそのつもりで、だけど何を言えばいいのかわからず困っているんだ。リュート君も察しているのか黙ったまま向き合う。

なんとももどかしい時間が続く。私にできることはないのかと考えて、結局は見守る選択肢をとる。

そして――

「ありがとな。街を守ってくれて」

最初に口を開いたのはリュート君のほうだった。

「さっきのセリフ、嬉しかったよ。ここを自分たちの居場所だって言ってくれて」

「……どうしてお前が喜ぶ？」

「当たり前だろ。この国を昔みたいに賑やかにするのが俺の夢なんだ。そこにはお前たちも含まれてる。お前は気に入らないかもしれないけどさ」

「……ああ、気に入らない」

そう答えられてリュート君は悲しい顔をする。だけど、今日はここで終わらない。プラムさんの言葉には続きがあった。

「だが、それは俺が子供だったから」

「え？」

その行動はリュート君にも予想外だったのだろう。本気で驚いていた。

プラムさんが頭を下げたんだ。

「今まですまなかった。お前を遠ざけたのは、俺が未熟だったせいだ。お前は何も悪くない」

「プラム、お前……」

「今さらこんなことを言える資格があるのかわからない。ただ……お前がよければ、昔のように俺と……」

「いいに決まってるだろ」

プラムさんがパッと顔をあげた。彼の視線の先で、リュート君は呆れてため息をこぼしている。

「俺は今でもまだ、お前を友人だと思ってたんだけどな」

「……まったく、そういうところが気に入らない。だが、ありがとう」

「別にお礼を言われることじゃないさ」

とても不器用でじれったいやりとりだった。

幼い頃のように友人に戻る。たったそれだけのことに百年近く費やすなんて……。

ふと思う。プラムさんが素直になれなかったように、リュート君のほうも一歩引いてしまっていたのかもしれない。

なんだかんだ言って、二人は似ているのだろう、と。

第四章　水の妖精

燦燦と降り注ぐ太陽の光。いつになく日差しが厳しくて、吸血鬼じゃない私の肌もジリジリと焼かれている気分になる。

光を遮るものはなくて、日陰の一つもない。こういう日に限って雲一つない晴天だ。唯一の救いは、風が吹いていることだろうか。

ただ、その風も普段感じているものよりべとっとしている。独特な香りを漂わせて、私の髪を靡《なび》かせる。

「――青いね」

「ああ。これが海だよ」

目の前の景色は青色に染まっている。空の明るい青と海の深く濃い青がちょうど真ん中で分かれていて、綺麗なコントラストを作り出していた。

砂浜の上を歩く感覚も新鮮で、ちょっぴり歩きにくいけどフカフカしていて面白い。この暑さだけは和らいでほしいと思うけどね。

「汗が止まらないよ……リュート君は平気そうだね」

「俺は温度変化には強いからな。暑いのも寒いのもあまり気にならないよ」

「すごいなぁ。私はどっちも苦手だよ。ずっと春とか秋くらいの気温が続けばいいって思うくらいだもん」

「ははははっ、普通はそういうものだよな」

リュート君が楽しそうに笑う傍らで、私は額から流れ落ちる汗をぬぐう。暑さを気にしていないリュート君が羨ましい。

魔法で周囲の温度を下げたりしちゃおうかと思ったけど、これからのことを考えたら魔力の無駄遣いはしたくない。

暑いくらいなら我慢すればいいんだ。そう自分に言い聞かせてため息をこぼす。こんなことで音をあげていたら笑われてしまう。

特に今日はリュート君と二人じゃなくて、彼も一緒に来てくれているから。私は斜め後ろに視線を向ける。

「プラムさんは平気ですか？　暑さというか、日の光は」

「はい。レナ様のおかげで快適です」

「ならよかったです」

ここはドラゴニカから数十キロ以上離れた大陸の端にある海岸だ。もちろん、こんな場所まで街の結界は届いていない。

結界の中でしか太陽の下に出られない彼が、どうして普通に外を歩けているかというと……

秘密は彼が右腕にしている腕輪にある。

「ちゃんと効果が出てるみたいだな」

「うん」

「レナ様のおかげです。太陽の下に出られたことだけでも十分な奇跡なのに、こうして自由に外も出られるなんて……本当に夢のようだ」

プラムさんは話しながら太陽を見上げる。眩しそうに目を細め、手で光を遮る動作はとても人間らしいと思ってしまった。

彼が右腕につけているのは魔導具。街の結界と同じ魔法が付与されているもので、範囲を個人に限定することで持続時間を延ばしている。

一度の魔力補充で大体二日間は効果を発揮できる優れものだ。

結界と違って効果範囲が固定されず、対象が自由に動くこともあって少しだけ魔法の中身も弄《いじ》っている。だからちゃんと機能するか少し心配だったのだけど、彼が快適そうにしている姿を見て安心できた。

「これなら量産してみんなに配れそうだね」

「本当にありがとうございます。仲間たちもきっと喜ぶでしょう。やはりレナ様は我々にとっての救世主です」

「そ、そこまでじゃないですよ。それに、これはドミナちゃんが提案して作ってくれたんです」

「ええ、聞き及んでおります。彼女にも戻り次第お礼を言わなければと」

結界作りが思ったより早く終わって暇だったからと、ドミナちゃんが腕輪の試作品を作ってくれていた。あの時はリュート君を倒す兵器を作ってただけ、なんて言っていたのに、彼女なりに吸血鬼のみんなのことを考えてくれていたんだ。

そのことを本人に伝えたら、適当に弄ってたらできただけだ、なんて誤魔化して照れていた光景が頭の中で再生される。

あの時のリュート君は楽しそうだったなぁ。

「ですが意外でした。乱暴そうな口調と態度でしたので、もっとガサツな方かと」

「ドミナもお前には言われたくないと思うぞ」

「俺はお前が相手の時だけだ。問題はないだろう」

「いや問題あるだろ」

リュート君は呆れながらため息をこぼす。そんな二人を私は見守る。

「というか、あれからそんなに変わってないよな」

「仕方がないだろう？　避けていた期間もそれなりに長かった。急に態度を変えることはできない」

「それもそうか。まぁ確かに、いきなり優しくなったりしたら逆に怖いな」

「安心しろ。お前に優しくなることは永遠にない」

「お前なぁ……そこまでハッキリ言い切るのか……」

「ふふっ」

二人のやりとりを見ていて思わず笑ってしまう。

確かに以前とあまり変わっていないように見える。プラムさんは相変わらず毒舌だし、リュート君は終始呆れているし。

だけど、見ていて心が痛かった少し前までとは違う。言い合っているように見える二人の姿も、なんだか微笑ましく思える。

二人が仲直りした日のことが頭に残っているからだろうか。ちょっとした気持ちの変化だけで、こうも見え方が変わるなんて自分でも驚きだ。

私が笑ったことに反応して、二人がこちらに視線を向ける。

「ほら見ろ、お前が素直じゃないからまた笑われてるぞ」

「ふっ、レナ様が楽しんでくださるのならいいことだろう」

「お前って意外と前向きだよな」

「これもレナ様のおかげだ。太陽の下にいると、なぜだか気持ちが落ち着く」

「ああ、そういうのあるよな」

二人してゆっくりと空を見上げる。太陽の光は植物を育て、動物にとっても身体の調子を整える役割があったりする。

太陽は地上の命を育んでいる。これまで太陽の下に出られなかった彼らも例外ではなかったのだろう。暖かな日の光を浴びることで、安らぎを感じられるようだ。

それから私たちは海岸を歩き始めた。波が引いたり押し寄せたりする光景を横目に見ながら広く続く白い砂浜を歩く。

海を見れば先が見えないくらい遠かった。これが水平線というものだと初めて実感する。

「海って本当に広いんだね」

「ん？　ああそうか。確かレナは海を見るのは初めてなんだっけ？」

「うん。王都から海は遠かったし、見に行く機会もなかったからね。話に聞いていたくらいで見るのは初めてだよ。この水たまりが世界の半分以上を占めてるなんて信じられないよね」

「そうだよな。地上にいる生物の中には、もともと海で生活していた奴らも多いらしいぞ」

「本で読んだことがあるよ。海は命の源って書いてあった」

海で誕生した生物が陸地にあがるようになり、進化を重ねて地上での生活を主とする種族が誕生した。

大昔、竜国が誕生するずっと前は今よりも海の面積が広かったらしい。そこから火山の噴火や地震を繰り返して地上が増えて、大陸は今の形になった。

大自然の力というのは恐ろしく強い。そんな環境の変化に対応するために、私たちの祖先も奮闘したのだろう。

もしも過去を見ることができるなら、ぜひとも当時の光景を見てみたいと思った。いつか魔法で実現できたら……とか楽しいことを考えながら歩く。

当然だけど、海が見たいからわざわざここに来たわけじゃない。私たちにはちゃんとした目的がある。それを確かめるように、リュート君がプラムさんに尋ねる。

「なぁプラム、この辺りで合ってるんだよな？　お前がセイレーンを見たっていうのは」

「ああ、間違いない。この海岸だ」

セイレーン。水の妖精と呼ばれる亜人種。

私たちとは異なり水の中で呼吸ができる彼女たちは、生活の拠点を水中にもっている。事前に二人から教えてもらった情報によると、地上での見た目は人間と同じで、水中にいるときだけ下半身が魚のように変化する。

初めて人間がセイレーンを確認した際に、人と魚が融合したような見た目から人魚と呼ばれるようになった。

彼女たちも世界樹が枯れてしまうまでドラゴニカで共に生活していた。ドラゴニカを囲むようにある湖は、彼女たちが快適に過ごすために作られたものだという。

「海にいることはなんとなく予想してたんだけど、海は広すぎて探したくても難しい。プラムの情報がなかったらどうしようかと思っていたところだ」

「ありがとうございます、プラムさん。貴重な情報をくださって」

「いいえ、我々のほうが多くを頂いております。この程度では御恩の一割も返せておりませんが、しかしお役に立てたのなら光栄です」

彼は満足気な表情でニコリと微笑む。

プラムさんは私たちのところへ来る以前、世界中を旅してまわっていたらしい。その目的は安息地を探すことだった。

夜にしか行動できず、日陰でしか生きられなかった彼らは安らげる場所を求めていた。その道中、彼はこの海岸である光景を見た。

それは、数人のセイレーンが海に戻っていく光景だった。

セイレーンは水の中を好む種族とされている。ただし水の中が快適な空間かと聞かれたら、実はそうでもないらしい。

水の中はマナが少ない。特に水深が深いほど濃度は薄まる。呼吸はできてもマナの濃度が低い環境では生存できない。そこは他の亜人種と同じだった。

ドラゴニカで生活している時も、活動の拠点は地上に作り、近くに水場を設けていた。彼女たちにとって最も好ましい環境は、マナの濃度が濃い水場であること。すなわち、元気な頃の世界樹のあった竜国が最適な環境だった。

世界樹が枯れ、世界がマナの枯渇に悩まされてしまった現在では地上より水の中のほうが快適に過ごせる。だから、彼女たちが向かったのは海だろう。

と、ここまでがリュート君が私に語ってくれた予想だった。プラムさんが海岸で海に戻るセイレーンたちを見たと言うなら、リュート君の予想は当たっていそうだ。

「さて、ここからどうするかな？　海の中に潜ってみるか？」

「私の魔法なら一時的に水中でも呼吸ができるようになるよ。魔力がもつ間だけだから時間には限りがあるけどね」

「どのくらいもちそうなんだ？」

「うーん……」

水中で呼吸するための魔法だけなら三人同時に発動しても半日は保てるはずだ。ただ必要な魔法はそれだけじゃない。

水中は地上と違って水圧という力が全身にかかる。それは深く潜れば潜るほど強くなって、ある程度の深さまで行くと身体が耐えられない。

ドラゴンであるリュート君はともかく、人間の私は生身じゃ耐えられないし、プラムさんも再生能力が高いだけで肉体の耐久性は人間と変わらない。

水中に潜るなら、水中呼吸の効果とは別に身体強化の魔法も必要になる。異なる効果の魔法を持続する場合、単体で行使した時の倍の魔力を消費する。

魔力量に自信のある私でも、複数効果の発揮を長時間持続するのは、それなりに負担がかかる。現在の魔力量と、想定される深さを考慮して……。

「長くて一時間くらいだと思うよ。それ以上はちょっと自信ないかな」

「一時間か……見当なしに探すにはちょっと短いかな」

「うん。それに水中の移動は泳ぎになるから、地上みたいに自由には動き回れないよ」

「だよな。俺も水中はあんまり自信ないし。場所がわかればいいんだが……」

私とリュート君は揃って海を眺める。海岸はいわゆる入り口だ。ここから先、彼女たちがどこで暮らしているかはわからない。

それに海は広い。偶々彼女たちがここから海に戻っただけで、拠点はもっと違う場所にある可能性だってある。

考え出したらキリがなくて、二人して頭を悩ませた。そんな時、プラムさんが口を開く。

「――その心配はなさそうだぞ」

「え、もしかしてプラム、彼女たちの拠点まで知ってるのか？」

「いいや、俺が見たのはここから海に戻る光景だけだ。彼女たちがどこで生活しているかまでは知らない。だが、わからないなら知っている者に聞けばいいだけだ」

「知ってるって、そんな奴がいるのか？」

キョトンとした反応を見せるリュート君に、プラムさんは小さくため息をこぼす。

「まだ気付かないのか？　いるだろう、ちょうどそこに」

「そこ？」

プラムさんは指をさす。海岸の波打ち際《なみうちぎわ》に、白い砂と水以外に肌色の何かが伸びている。魚の尾びれもあって、一瞬だけ打ちあがった魚かと思った。

そんな大きさじゃない。そもそも魚っぽいのは半分だけで、上半身は人間と同じ肌に水色の長い髪も生えている。

まるで人魚、と思ったところで私とリュート君は声を揃える。

「「セイレーン!?」」

「ああ」

「そうかセイレーンがいるなら直接聞けば場所が、って今はそこじゃない！　あれどう見ても倒れてるよな？」

「うん！　急いで行こう！」

私とリュート君は慌てて砂浜を駆け出す。それに続くようにプラムさんも走る。打ち上げられた彼女はピクリとも動かない。最悪を想定しつつ彼女のもとへ駆け寄り、リュート君がうつ伏せになっていた彼女を抱き起こす。

「おい大丈夫か？　俺の声が聞こえるか？」

「ぅ、う……」

「よかった。意識はあるみたいだ。悪いレナ、彼女に回復の魔法を使ってくれないか？」

「うん！」

リュート君にお願いされるまでもなくそのつもりだった私は、すでに魔法発動の準備を整えていた。私は彼女に右手をかざす。

「【ヒール】」

肉体の傷や病気を回復させる基本の魔法ヒール。見たところ外傷はなく、衰弱しているように見えた。病気や体調不良ならこれで回復できる。

「あれ？」

効果が現れない。つまり病気じゃないということだ。彼女の顔色は一向に回復する兆候が見られない。私はヒールを解除する。

「どうしたんだ？」

「回復の魔法が効かないみたい」

「なっ、理由はわかるか？」

「ごめん。見ただけじゃわからないんだ。怪我じゃないことは確かだけど、新種の病気とかだとヒールじゃ効かないし」

見たところかなり衰弱している。原因を探っている時間はあまりなさそうだ。こういう時、聖女だった頃の経験が役に立つ。

病気かどうかも判断できない状況。普通なら慌ててしまうけど、こんなの聖女だった頃は毎日のように起こっていた。

原因がわからない場合の対処法はちゃんとある。

「【タイムレコード・リバース】」

「レナ？　その魔法は」

「うん。世界樹を復活させるときに使った魔法だよ」

時間の巻き戻し。タイムレコードは時間を操る魔法で、リバースは物の時間を戻すことができる。世界樹の時は規模も大きく戻す年数も桁が違った。だから必要な魔力量が膨大だっただけで、亜人相手なら魔力不足を心配する必要はない。

戻すのも一先ず一日だけだ。足りなければさらに一日と順番に増やしていって、どの時点から体調が悪くなったか調べることもできる。

まずは一日戻す。少し顔色が良くなった。さらにもう一日戻すことで弱々しかった呼吸が正常に近づく。だけど意識は朦朧《もうろう》としたままだったから、もう一日戻してみた。

彼女の肉体は今、三日前の状態に戻っている。顔色はかなりよくなったし、呼吸も苦しそうじゃない。

これで大丈夫だろうと魔法の効果を解除したところで、彼女が目を開ける。

「こ、ここは……」

「気が付いたか。俺の声は聞こえるか？」

「あ……」

彼女はリュート君の顔をじっと見つめていた。目覚めたばかりで混乱しているのだろう。突然目の前に知らない男性がいたら誰でも困惑するし不安だ。

ここは同じ女性の私が話しかけて不安を和らげてあげなきゃ。そう思って口を開こうとした時だった。

「……王子様」

「え、俺のこと知って――」

「来てくれたのね王子様！」

「なっ！」

「え、えぇ!?」

彼女は突然リュート君に抱き着いた。胸を、肌を密着させてがっしりと首に腕を回す。

「夢みたいだわ！　本当に王子様が助けに来てくれるなんて！」

「お、おい！　急にどうしたんだ？　君は俺のことを知ってるのか？」

「もちろんよ！　王子様が私を迎えに来てくれたのよね？　身体も嘘みたいに軽いし、これが愛のパワーなのね！」

「あ、愛!?　さっきから何を言ってるんだ？　というかそろそろ離れてくれ！」

「いやよ！　せっかく出会えたんだもの。もうずっと放さないわ！」

振りほどこうとするリュート君だけど、彼女は抱き着いたまま離れようとしない。相手が女性だからなのか、リュート君も乱暴に振りほどこうとはしていなかった。

たぶん彼の優しさなのだろう。彼はそういう人だとわかっている。他意はないのだとも……だけど、やっぱり見ていられない。

「あ、あの！」

私は大声をあげていた。好きな人が目の前で他の女性と抱き合っていることに耐えられなかったから。

私の声が届いたことで、二人の視線がこちらに向く。

「は、離れてください！　リュート君が困っています」

「……あなた誰なの？」

「そ、それはこっちのセリフです！　いきなり抱き着くなんて……失礼だと思います」

「どうしてそんなこと言われなきゃいけないの？　この人は私の王子様よ。関係ない人が邪魔しないでよ」

「違います！　リュート君は貴女《あなた》の王子様じゃないです！　彼は――」

私のものだ、と言いそうになった。

気持ちが高ぶって、思わず口に出しそうになった私は、話の途中で口を噤《つぐ》む。急に黙って不自然だっただろう。

心配そうな顔をするリュート君と目が合って、恥ずかしさから目を逸らす。

「やっぱり関係ないみたいね。ねぇ王子様、私と一緒に行きましょう」

「ま、待って！」

彼女はリュート君を誘惑するように顔を近づける。そのまま唇を合わせにいくように見えて、私は止めようと手を伸ばす。

それよりも少し早く、隣から低い声が聞こえる。

「おいお前」

「今度はなによ。私と王子様の――ひっ！」

振り返った直後、彼女はひどく怯えた顔を見せた。それもそのはずだ。プラムさんが鬼のように恐ろしい表情で彼女のことを睨んでいたんだ。

「いい加減にしろ。レナ様が離れろと言ったら離れるんだ。これ以上レナ様を困らせるようなら……干からびるまで血を吸い取るぞ」

吸血鬼とわかるように牙を見せての脅し。普段より低い声での明らかに怒りの籠った言葉と表情は、隣で聞いていた私でもドキッとするほどの迫力だった。

そんな脅しを正面から受けた彼女は、当然のように恐怖して――

「す、すみませんすみません！　調子に乗りました！」

勢いよくリュート君から離れると、海を背にして土下座をした。なんだか見たことのある光景だ。初めて会った時のアルマ君を思い出す。もっとも、あの時とは状況がまったく違うのだけど……。

「お願いだから食べないでください！　まだ男の人とキスもしてないんです！」

それは私もしたことがないです、と心の中でツッコミを入れる。セイレーンという種族は男性に強い憧れでもあるのだろうか。

ともかくプラムさんのおかげで彼女はリュート君から離れてくれた。リュート君もやっと自由になれてホッとしている。

「悪いなプラム、助かった」

「ふんっ、お前のためではない。レナ様を困らせるな」

「ああ。レナもごめんな？　嫌な思い……させちゃったみたいで」

「え、えっと……大丈夫、だよ」

今さら平静を装っても手遅れだろう。今になって急激に恥ずかしくなる。リュート君の顔を見られないくらいに。

私は羞恥を誤魔化す方法を咄嗟に探して、未《いま》だに頭を下げ続けている彼女を見る。

「あ、あの、そろそろ頭をあげてもらってもいいんじゃゃ……」

「レナ様がそうおっしゃるなら。おいお前」

「は、はい！」

「顔をあげろ。それから黙って我々の話を聞け」

「わかりました！」

怯えた彼女はプラムさんの指示に迷いなく従う。なんだか複雑な気持ちだけど、彼のおかげで説明する余裕ができた。

私たちは自分たちが敵でないことを伝え、ドラゴニカからセイレーンを探すためにここへやってきたことまで説明した。

「ええ!?　じゃあ本当に王子様だったの!?」

「驚くところそこか？　というか散々王子様とか言ってただろ？」

「それは私を助けてくれるのは王子様しかいないと思ってたからで！　まさか本物の王子様だったなんて……」

「どういう意味だ……というか、そもそもなんで倒れてたんだ？」

リュート君はちょうど私たちも気になっていた質問をしてくれた。彼女は倒れていた理由を語り出す。

「それはね？　三日くらい前に地上に出て迷子になって」

「ま、迷子？」

「それから頑張って帰ろうとしたら魔物に見つかって追い回されて」

「「魔物!?」」

私とリュート君は声を揃えて驚く。そのまま彼女は続けて語る。

「それから必死に逃げてたら偶然この海岸にたどり着いて海の中に飛び込んだの！　そしたら魔物もどっかに行ってってくれたんだけど……お腹が空《す》いて動けなくなっちゃって」

「空腹で倒れてたのか」

彼女はこくりと頷く。

なるほど、そういうことかと納得する。道理で治癒魔法が効かなかったわけだ。病気にかかったわけでも、どこか怪我をしていたわけでもなかったのか。

それなら時間が経って再び苦しむ、なんてことにはならなそうだ。ホッとした半面、そんなことだったのかと落胆する気持ちが少しある。

「正直もう駄目かと思ったわ……そんな時に王子様が来てくれたの！　これはきっと運命よ！」

「運命……そもそも勘違いしてるけど、君を助けたのは俺じゃなくてレナだぞ」

リュート君は私を指さしながら説明する。

「彼女の魔法で君の身体の時間を戻したんだ。回復したのも、空腹になる前に戻ったからであって、俺が何かしたわけじゃないんだ」

「時間を戻す？　そんなことができる魔法使いなんて初めて見るわ」

彼女は目を丸くして驚いている。

「レナは特別なんだよ。だから、感謝は俺じゃなくて彼女にするんだな」

「そうだったのね。さっきはごめんなさい。助けてもらったのにとても失礼なことを言ってしまって」

「い、いえ、気にしてませんから。元気になってくれたならよかったです」

とか言いながら内心はちょっと気にしている。今でも彼女がリュート君に抱き着いた光景が頭から離れない。

彼女が刺激的な服装をしているせいもあると思う。素肌が露出した状態でリュート君と密着して……思い出すとモヤモヤする。

「挨拶が遅れてごめんなさい。私はシアよ。よろしくね」

「はい。こちらこそ」

彼女は握手を求めてきた。落ち着いて話してみたら悪い人ではなさそうだ。過激だったのも混乱していたからであって、こうして冷静に話せば仲良くなれそう……。

「ところで、貴女は王子様とはどういう関係なのかしら？」

「……え？」

そう思った矢先に核心をつくような質問を口にする。握手した手にも僅かに力が入ったような気がした。

「もしかして、王子様の恋び――」

「そ、そういうわけじゃなくて。と、友達です。昔からの……友達」

恋人という言葉に動揺して、咄嗟に否定してしまった。あとから後悔する。まるでリュート君と恋人だと思われるのが嫌みたいな否定の仕方をしてしまったと。

「そうなのね。よかったわ」

私の回答を聞いてにっこりと微笑むシアさんを見て複雑な気持ちになる。恐る恐るリュート君の表情を確認した。

彼は特に驚いている様子も、悲しんでいる様子もない。至って普段通りで、私と目が合うと軽く首を傾げて、どうかしたかと言いたげな顔をする。

その反応にもショックを受けた。我ながら自分勝手で嫌になる。否定したのは私なのに、リュート君がなにも気にしていないように見えることがショックなんて……我儘だ。

彼女は握手の手を離し、リュート君と向き合う。

「ねぇ！　王子様たちは私たちに用事があるのよね？」

「ああ。セイレーンのみんなに話があるんだ」

「だったら私が案内するわ！」

「そうしてくれると助かるよ」

リュート君が優しく微笑む。その笑顔にシアさんはうっとり顔になって答える。

「任せて！」

「待て。迷子になっていたくせに大丈夫なのか？」

「ここからなら大丈夫よ。心配ならここに残ってればいいわ」

「なんだと？」

鋭い眼光で威圧するプラムさん。驚いたシアさんは咄嗟にリュート君の腕を掴んで後ろに隠れてしまう。

「おいプラム、あまり威圧するなよ」

「……リュート。誰に対しても優しいところはお前の長所だ」

「な、なんだよ急に」

「だがな、それは短所にもなることを忘れるな。お前なら気付いているだろう」

プラムさんはリュート君に忠告をして腕を組み、小さくため息をこぼす。さっきからプラムさんの機嫌が悪いように思える。シアさんに怒っているのかと思っていたけど、なんだかリュート君にも厳しい目を向けていた。

リュート君も彼の忠告になにか感じるものがあったのだろう。言い返すこともなく、腕にしがみついているシアさんに言う。

「そろそろ放してもらえるかな？」

「あ、ええ」

「それじゃ案内を頼むよ。レナ、悪いけど魔法を準備してもらえるか？」

「うん」

なんとも微妙な空気になりつつも、私たちは本来の目的を果たすために海中にあるセイレーンの集落を目指すことにした。

シアさん曰く、セイレーンの集落は海岸からそこまで離れていないらしい。人間の泳ぎで向かっても十五分あればたどり着くそうだ。

「時間は大丈夫か？　さっきので魔力を消費しただろ？」

「うん。一時間はもう難しいかな。長くて四十分くらいだと思う」

「四十分……帰りの時間も考えたら滞在できるのは十分か。その時間で交渉できるかどうか……だよな」

「そうだね。話を聞いてくれたらいいんだけど……」

以前に会いに行ったエルフとドワーフのことを思い出す。彼らとは話をするまでも大変で、結局協力してくれたのは二人だけだった。

同じような反応を予想すると十分じゃ厳しいのは明白だ。せめてもう十分あれば……私の魔力がもっと多ければよかったのに。

「空気のことなら心配いらないわよ」

「え？」

「どういうことだ？」

「私たちが住んでるところには何カ所か空気の溜まっている場所があるのよ。なんとか石っていうのから空気が出てるわ」

「もしかして、海空石《かいくうせき》？」

海空石は海中にある特殊な石で、地上の植物のように空気を生成する。そういう鉱物が海の中にはあると本で読んだことはあった。

「そうそれ！　だから到着しちゃえば長くいられるわ」

「それは助かるな。時間を気にせず話ができる」

「ふふっ、いっそずっといてくれてもいいのよ？」

「それは困るな。俺にもちゃんと帰る場所があるんだ。むしろ今からしようと思ってる話は、そこにセイレーンたちを呼び戻したいってことなんだよ」

◇◇◇

海の中は暗く、空気もないから音も聞こえない。海中を照らすのも太陽の光。海面に近いほど明るく、潜れば潜るほど光は届かなくなる。

私たちは海の中を泳いでいる。海岸から飛び込んで、シアさんの案内でセイレーンの集落を目指していた。

出発からすでに五分が経過し、それなりの深さまでたどり着いている。太陽の光も弱まってきて、身体にかかる水圧が強さを増す。

「レナ、身体は平気か？」

「うん、大丈夫だよ」

「無理するなよ。レナが一番大変なんだ」

「心配してくれてありがとう」

水中呼吸と身体強化の付与。加えて水中では会話ができないから、考えたことを相手の脳に直接送れるようにする【テレパス】という魔法も使っている。

【テレパス】は常時発動しているわけじゃないけど、使っている時は三つを同時発動していることになる。かなり大変だけど、私はそれよりも泳ぐほうが大変だ。

今まで泳ぐことなんてなかったし、知識では知っていても実際にやってみると難しい。そんな私に合わせるように、リュート君が隣で泳いでいる。

泳ぐのが苦手な私に合わせてくれている。

「ごめんね。泳ぐのが遅くて」

「気にするなよ。魔法を三つも使ってるんだ。そっちのほうが大変だってわかってるから」

「でも……」

リュート君以外の二人も私のペースを気にして泳いでくれている。特にシアさんは水中では下半身が変化してヒレがついているからとても速い。

きっと速くしてほしいと思われているに違いないと、申し訳ない気持ちになる。

「だったらこうしよう」

「え？」

唐突に彼は私の手を握った。そのまま私の身体を引っ張りながら泳ぐ。

「リュート君？」

「こうすれば楽ができるだろ？」

「で、でもリュート君が大変だよ」

「レナ一人くらい平気だよ。さぁ、行こう」

「――うん」

海の中は冷たい。全身が海水の冷たさを感じる中で、彼が握ってくれた手から熱が伝わる。

優しくて頼もしい手……触れているだけで元気が貰える。

熱は手から腕へ、身体へと伝わっていく。もしも全身で、肌と肌で触れ合ったらもっと温かいのだろうか。

海岸での光景を思い返して、相手が自分だったならと想像する。そんなことを考えて恥ずかしくなって、勝手に身体が熱くなる。

シアさんの影響だろうか。私は改めて強く思っている。

リュート君のことが好きだと。

「お、見えてきたぞ」

彼が指をさす。

セイレーンたちが隠れ住んでいる場所は、サンゴ礁の下にある。海底洞窟になっていて、彼女たちはその中で暮らしているそうだ。

私たちの目の前には、海底を覆い隠すほどの広大なサンゴ礁が広がっていた。

「綺麗……」

色とりどりのサンゴ礁が絨毯《じゅうたん》を作る。中にはかすかに光を放っているサンゴもあるみたいだ。

海面から離れているのに明るさが増している。

ううん、それだけじゃない。サンゴ礁の隙間から光が漏れ出ているんだ。きっとそこにセイレーンたちがいる。

綺麗な光景を見たことで、私の心は期待に満ちていた。

そして遂《つい》に、私たちはたどり着く。

「到着しましたよ」

シアさんが止まり、私たちのほうへ振り返る。

彼女の背には、淡い明かりを灯す集落があった。純白の壁にサンゴ礁も重なって、綺麗な魚たちも泳いでいる。

地上では見られない不思議な光景に、私は思わず言葉を失った。

「ようこそ、ここが私たちセイレーンの隠れ里です」

第五章　恋の行方

セイレーン。水と共に生きる彼女たちが選んだ居住区は海底にある。水の底とは思えない立派な建物が並び、周囲に水とサンゴ礁さえ見えなければ地上の街並みに似ている。

私と同じことをリュート君も思ったらしく、私が心の中で思った感想を彼が代弁する。

「すごいな。海底にこれを作ったのか」

「いいえ。これは元からあったものを利用しただけです」

「元から？　じゃあここは遺跡なのか」

「はい。詳しくはわかりませんが、遠い昔はここも陸地だったみたいです」

話しながら彼女は街のほうへと泳いでいく。よく見ると街の中にはボコボコと空気が湧き出ている箇所がいくつかある。

「あれが海空石……」

「ええ。奥に行けば貴女たちが呼吸できる場所があるわ。こっちよ」

シアさんに案内されて私たちは街の中へと入っていく。通り過ぎる際に建物をチラッと見たら壁や天井が壊れている。

確かにここは古い街の跡地みたいだ。よく見るまでもなく建物はボロボロのものが多く、それを補強するように藻やサンゴがまとわりついている。おそらく相当な時間が経過しているのだろう。

しばらく泳ぐと正面が徐々に明るくなっていることに気付いた。光を放っているのは水晶のような球体だ。魔導具かと思ったけど、近づいても魔力を感じない。

「シアさん、この明かりって魔導具じゃないんですね」

「それは光球真珠っていうのよ」

「真珠なんですか？　これ」

「ええ。普通はとても深い海の底でしか見られないから、地上だとあまり出回らないでしょう？　海水がある場所ならとっても明るくて便利なのよ」

真珠一つで私たちの足元から視線の先まで照らしている。光源としてはかなり優秀なものみたいだ。しかも魔法じゃなくて自然物質だなんて驚きだよ。

「こんなの初めて見ました」

「海の中だもの。地上に住む生き物にとってはわからないことだらけなのは当然だわ。私たちは日常的に見て慣れているけれどね」

「セイレーンの特権だな」

「ふふっ、羨ましいかしら？　私と一緒ならいつでも案内してあげられるわよ」

シアさんはリュート君の周りを自由に泳ぐ。まるで彼を誘惑《ゆうわく》しているように見えて落ち着かない気持ちになる。

「光栄な提案だけど俺は水の中で息ができないんだ。今もレナがいてくれるお陰で平気なだけなんだよ」

「あら、それは残念だわ」

「おい。しゃべってないで早く案内しろ」

「わ、わかってるわよ。もう目と鼻の先なんだから案内しなくても行けるでしょ」

「馬鹿なのか？　招待も受けずに他種族の領域に踏み入ることがどれほど無礼な行為か知らないはずないだろう？　まさか……知らないのか？」

「し、知ってるわよ！」

プラムさんに指摘されてプンプン怒りながら、シアさんはリュート君から離れて私たちの先頭を泳いでいく。

彼女が離れてくれたことにホッとする私と、その隣で呆れるプラムさん。ふいに目が合った時、彼は私に囁く。

「心配しなくとも、レナ様が考えているようなことにはなりませんよ」

「え？　それって……」

「行きましょう」

「あ、はい」

プラムさんの言葉……どういう意味だったんだろう？

脈絡もなく口にした彼の言葉に首を傾げながら、私はさっさと泳いでいくシアさんの後に続く。

先に進むほどに明かりの数が多くなっていく。次第に太陽の下と遜色ないほど明るい場所が見えてきた。うっすらと透明な膜がドーム状に張られている。

真珠と違って魔力を感じられたから、これは間違いなく結界だろう。シアさんが先に到着し、結界を潜《くぐ》り抜けると海底に足をつけた。

私たちも彼女のあとに続き結界を抜ける。チャポンという音を立てて結界の内側に入ると、一気に身体が重くなった。その変化と共に足が海底に接地した。

プラムさんが自分の手をグーパーと握り、感覚を確かめてぼそりと口にする。

「重力？　それに呼吸が……」

「結界で海空石で生成した空気を閉じ込めているんですね」

「正解よ。ここなら貴方たちでも地上と同じように呼吸できるわ」

「助かるな。これで時間を気にせず話ができる」

空気があることにホッとしている様子のリュート君。私も魔力を回復する時間が得られるのは嬉しい。そう思っていたら、リュート君が私に視線を向けてニコリと微笑む。

「レナが休む時間もできるしな」

「――うん」

彼は私の身体を気遣ってくれていた。それがわかって素直に嬉しい。ずっとモヤモヤした気持ちが多かったせいで余計に彼の優しさが心に染みる。

そんな私たちを不満そうな顔で見つめるシアさんに気付く。彼女はムスッとしながらリュート君を見つめ、痺《しび》れを切らしたように彼の手を取る。

「……さぁ王子様行きましょう！　私が長《おさ》に紹介してあげるわ」

「あ、ああ。助かるよ」

「……」

シアさんに強引に手を引かれ、リュート君は駆け足で奥へと進む。私たちも置いていかれないように二人の後を追う。

表情を見ればリュート君が困っているのは明白だった。それでも無理に手を払ったりしないのは彼が優しいからだとわかっている。

きっと深い意味はない。そうだと自分に言い聞かせて、胸の奥でふつふつと湧き出すよくない感情を抑え込んだ。

私たちが向かったのは遺跡の中で一番大きく綺麗な建物だった。他の建物が四角いキューブ状になっているのに対して、その建物だけは楕円形《だえんけい》の独特な形をしていた。

明らかに他と違う形状は、おそらくかつての街の象徴であり身分の高い者が住んでいたことを予想させる。

シアさんとリュート君が茶色い扉を開けて先に中へと入る。中は広々としたホールになっていて、彼女以外のセイレーンの女性が何人かいた。

扉の音に気付いて一斉に振り向き、シアさんを見て声をあげる。

「あ！　やっと戻ってきたのねシア！」

「どこ行ってたのよ！　三日も戻ってこないからみんな心配してたのよ」

「ごめんなさい。ちょっと外で迷子になっちゃって」

「また迷子？　だから一人で出ていっちゃ駄目だってあれほど言われてたじゃない」

セイレーンたちがシアさんのもとに集まってくる。よほど心配されていたことは彼女たちの会話から明白だった。

無事に戻ってきたシアさんを見てホッとしている彼女たちの様子にホッコリさせられる。

「今日も戻ってこなかったらみんなで捜しに行こうって話してたところなのよ！」

「本当に無事でよかったわ」

「心配かけてごめんなさい。でも見て！　とってもいいことがあったのよ！」

「いいこと？　迷子の間になにか……」

シアさんの視線につられて、セイレーンたちの視線が私たちに向けられる。いいや、私たちではなく、シアさんが手を握っているリュート君に集中していた。

「紹介するわ！　私の王子様よ！」

「お、おい、別に君のじゃないんだけど」

「お、男よ！　男の人がいるわ！」

「キャー！　しかもイケメンだわ！」

その時、歓声に似た声がいくつもあがった。声と同時にシアさんの周りからリュート君の周囲に人だかりが移動する。

「お兄さん既婚者じゃないですよね？　付き合ってる人はいませんか？」

「あ、ずるいわよ！　お兄さんイケメンだし可愛いわ！　ぜひ私と結婚を前提にしたお付き合いを！」

「私のほうが若くてスタイルもいいわ！」

「ちょっ、なんだよ急に！」

セイレーンたちのアプローチに慌てるリュート君。彼女たちはリュート君を取り囲んで自分をアピールし続ける。

海岸で見せたシアさんの積極さを彷彿《ほうふつ》とさせるけど、それよりも激しいアプローチにモヤモヤよりも驚きと困惑のほうが勝っていた。

しばらくリュート君がもみくちゃにされている様子を見ていて、ようやくハッと状況に気が付く。

リュート君が困っている。なんとか助けないと、と。

「あの――」

「ちょっと待ちなさい！」

手を差し伸べようとした私より先に、シアさんがまとわりつく彼女たちを引き離し、リュート君を守るように前に立つ。

「ちょっとシア！　邪魔しないでよ！」

「こっちのセリフよ！　言ったでしょ？　この人は私の王子様なの！」

「さっきからなによ王子様って！」

「ふふふっ、聞いて驚きなさい！　この人はドラゴンの国の王子様なのよ！」

「「ドラゴン⁉」」

彼女たちは一斉に声をあげた。その声は周囲に響き渡り、おそらく建物中に聞こえたのだろう。至るところから新しくセイレーンが顔を出す。

「ドラゴンって言った？」

「なになに？　なにがあったの？」

「あ！　男の人がいるわよ！」

「お、おい！　なんでこんなに集まってくるんだ！」

さすがのリュート君も大声をあげる。さっきまでの三倍以上の女性に囲まれ、身体中をべたべた触られている。

いつの間にか私の王子様だと主張したシアさんも押しのけられていた。

「ちょっと！　私の話聞いてるの？　私の王子様だってば！」

「はぁ、収拾がつかないな。仕方ない」

女性にもまれるリュート君を見てため息をこぼしたプラムさんが拳を握る。明らかに手荒なことをしそうな雰囲気を醸し出していた。

「待ってプラムさん！」

「ですがこのままだと話ができませんよ。あいつも甘いから振りほどけていない。ここは強引にでも引き離すべきでしょう」

「だ、だからその役目は私がします」

「レナ様が？」

私はこくりと頷く。

次から次へと起こる予想外な出来事にあたふたしていたけど、困っているリュート君の顔が目に映って冷静になった。

個人的な感情も含めて、このまま放置はできない。かといってプラムさんが考えているような乱暴なやり方もよくない。

私たちはあくまでも交渉するためにここへ来たんだから。

要するに穏便に、誰も怪我をさせることなく彼女たちを止めなくてはならない。そういう魔法を持っている。

リュート君だけを除き、セイレーンの皆さんだけの動きを一時的に束縛する魔法。私は両手を胸の前で合わせる。

この魔法は対象が多いほど消費する魔力も増えてしまう。この人数を一気にとなれば相当な魔力を消費する。

帰りの魔力を残しておきたかったけど、空気があるこの場所なら急ぐ必要もない。だから心置きなく発動できる。

「──【フィクシズ】」

魔法発動の瞬間、淡い光を纏った風が前方に吹き抜ける。

「え、なに？」

「身体が急に動かなく……」

風に触れたことで彼女たちはピタリと動きを止める。彼女たちは今、呼吸と瞬き、視線を向ける程度の小さな動作しかできない状態になる。

そんな中でリュート君は動くことができる。彼は一瞬だけ驚いた顔をして、すぐに私の魔法だと気付いてくれたみたいだ。

リュート君が私を見たことで、セイレーンの皆さんの視線も私に集まった。

「どうか少し落ち着いてください。リュート君が困っています」

「レナ……」

「なに？　あの子がやったの？」

「これ魔法？　全然動けない。しかも私たちだけなんて」

彼女たちは驚きを露にしている。我ながらかなり高度なことをしている自覚はある。フィクシズは対象の空間を固定化する魔法。

物や生物の周囲を固定して動きを制限することができる。選択する対象は一つから複数まで、発動者の魔力量によって上限が決められる。

私は今、帰りのために残しておいた魔力の七割を消費して彼女たちの動きを止めている。すでに二十秒くらい経過しただろう。そろそろ効果を維持するのが限界だ。

「すまない。俺たちは大事な話があってここに来たんだ」

リュート君が動けない彼女たちの間を縫って私のもとへ歩み寄ってくる。私の限界を悟ってくれたみたいだ。

私の前まで来たリュート君が、優しく私の両手に触れる。

「もう大丈夫だ。ありがとう」

「うん」

私は魔法の効果を解除した。

「う、動けるわ！」

「はぁ……ふぅ……」

「大丈夫か？　レナ？」

「うん平気。ちょっと疲れただけだよ」

大量の魔力を消費し、制御の難しい魔法を発動させた後だ。さすがにどっと身体に疲れを感じてしまう。

立《た》ち眩《くら》みがして、ふらっと倒れそうになった私の両肩をリュート君は優しく抱きかかえて支えてくれた。

「ごめんなレナ。迷惑をかけた」

「ううん」

「あ、ずるいわ！　私も――!?」

駆け寄ろうとしたセイレーンの女性の前に、プラムさんが立ちはだかる。その瞳は彼女を冷たく見下ろす。

プラムさんは背中でもわかる威圧感を放っていた。私たちに駆け寄ろうとした女性も、プラムさんを前にして後ずさる。

「プラム」

「今は必要だろう？」

「そうだな。けどほどほどにな」

「お前はもう少しハッキリ断れるようになるんだな」

「……ああ」

リュート君は小さく笑い、私を一度だけ見てからセイレーンの皆さんに視線を向けた。彼は深呼吸を一回して、いつも通りの表情と態度で口を開く。

「お騒がせして申し訳ない。俺はドラゴニカ王国の代表、リュート・ドラゴニカです」

「ドラゴニカ……本物なの？」

「知らないわよ。けど、隣にいるのは吸血鬼と……人間よね。どうして人間が一緒にいるのかしら」

そんな声が聞こえてきた。どうやら今さら私が人間だということに気が付いたみたいだ。ドラゴンと吸血鬼と人間。異なる三者の集まりを前に彼女たちは困惑する。

「シア」

「は、はい！　なにかしら？」

「セイレーンの代表と話がしたい。案内してもらえるか？」

「え、ええもちろんよ。そのために来たのよね」

リュート君がシアさんに声をかけ、彼女に再び案内してもらう。私たちが通れるようにセイレーンの皆さんが左右に避けていく。

さっきまでとは大違いの静かな、疑うような視線で私たちを遠目に見ていた。彼女たちの視線にさらされながら奥へと向かう。

道中もセイレーンたちの視線を感じつつ、決して近づいてくる様子はなかった。最初に飛びついてきた彼女たちも後ろからついてきているみたいだ。いつの間にか大所帯で押し寄せたようになっている。

歩きながらリュート君がシアさんに尋ねる。

「シア、先に一つ確認してもいいかな？」

「なにかしら？」

「君たちをまとめているのは誰なんだ？」

「グラネス様よ」

「ああ、グラネスさんか。懐かしい名前だな」

そう言って優しく微笑むリュート君は昔のことを思い返しているのだろう。彼が知っているということは、百年前のドラゴニカで一緒だったということ。ということは相手はお婆《ばあ》さんかな？

周りに集まっているセイレーンたちは私と同じか少し上くらいの見た目ばかりで、年配の方が見受けられないことが気になっていた。

その理由は、案内された部屋で対面した彼女たちの代表から察せられた。

「久しぶりですね。グラネスさん」

「あら？　ドラゴンと聞こえたからもしかしてと思ったけど、貴方だったのね？　リュート坊や」

「坊やはやめてください。俺はもう子供じゃありませんよ」

「ふふっ、そうみたいね。随分と大きくなったわ」

彼女は国王様が座っているような仰々しい椅子に座っていた。淡い水色のウェーブがかった髪と美しい肌を露出するきわどい服装。

全てが若い。顔も服装も予想していたよりずっと若かった。以前に会ったリュート君のお母さんと同じくらいだろうか。

とても百年以上生きているとは思えない。つまり、彼女たちセイレーンも長寿の種族だということ……なのかな？

「亜人種って長生きな種族が多いんだね」

「いいえ、セイレーンという種族の寿命はそう長くありません。人間よりは長いですが、精々二百年といったところでしょう」

私の独り言にプラムさんが反応してくれた。彼は続けて説明する。

「ですが彼女たちは肉体の老化が極めて遅いのです。寿命を迎える間際であっても、若い見た目を保っています」

「そうなんですね」

「ええ。ですから彼女も見た目は若いですが、すでに百五十歳を超えています」

「あらあら。駄目じゃないプラム。女性の年齢を勝手に教えるなんてマナー違反よ」

プラムさんがグラネスさんと視線を合わせる。リュート君が知り合いであるように、プラムさんもまた、彼女とは面識があるみたいだ。

「失礼しました。必要なことでしたので」

「あら？　貴方が素直に謝るなんて意外だわ。プラムもしっかり成長しているみたいね。私は嬉しいわ」

「ぅ……百年近く経っていますから」

プラムさんは少し照れくさそうに目を逸らした。彼の照れている顔は初めて見る。それにグラネスさんには悪態をつかないところを見ると、元の関係性は良好だったみたいだ。

他のセイレーンたちと違って落ち着いているし、見た目は若いけど話し方や態度に年輪を感じさせる。

なんだか見た目だけじゃなくて雰囲気もリュート君のお母さんを思い出す。声を聞いているだけで安心するような……。

ふと、彼女と私の目が合った。

「それで？　そこの可愛い女の子はどっちのガールフレンドなのかしら？」

「え？」

「っ……」

「グラネスさん！」

「ふふっ、その様子じゃまだどちらでもないみたいね」

無言で視線を逸らすプラムさんと、笑って誤魔化すリュート君。二人とも違った戸惑い方を見せる。焦っていないのはからかわれている自覚があるから、なのかな。

リュート君は一呼吸置いてから、私のことをグラネスさんに紹介する。

「彼女はレナ。俺の友人で、竜国の再建に協力してくれている魔法使いです」

「魔法使いなのね。さっき向こうのほうで感じた魔法の気配は貴女だったのかしら？」

「あ、はい。すみません」

「ふふっ、謝る必要はないわ。きっとあの子たちが強引に迫ったのでしょう？」

話しながら私たちの会話を覗いているセイレーンたちを彼女は見る。私が振り返ると、その通りだったセイレーンたちは笑って誤魔化していた。

「迷惑をかけてごめんなさいね。でも怒らないであげてほしいわ。ここでは男性が珍しいからつい興奮してしまうのよ」

「い、いえ……えっと、男性の方は少ないんですか？」

「あら？　ひょっとして私たちのことには詳しくないのかしら？」

私の質問を聞いてグラネスさんは首を傾げる。彼女の反応の意味がわからない私も、同じように首を傾げた。

するとは隣から、リュート君が囁くように教えてくれる。

「セイレーンは女性しかいないいんだよ」

「え？　そうなの？」

「ええ。私たちセイレーンは女性だけよ。男性のセイレーンはいないわ」

続けてグラネスさんがそう言った。セイレーンは女性しかいない種族。だからこの集落にも男性はいない。女性しか見当たらないのも当然ということだ。

「それで、なにか話があって来たんでしょう？　久しぶりに顔を見せに来た、なんてことじゃないわよね？」

「はい。グラネスさんに聞いてほしい話とお願いがあります」

「いいわ。話してもらえる？」

リュート君は頷き、話す前に私とプラムさんと一度ずつ顔を見合わせた。これは私たちの意思である。そう確認するように、それをグラネスさんにも伝えるように。

そして、彼は最初にお願いを口にする。

「セイレーンのみんなにも、俺たちの国に戻ってきてもらいたいんです」

真剣な眼差しを向けるリュート君と目を合わせるグラネスさん。彼女の表情には驚きも困惑もなく、ただ優しく目を瞑《つぶ》る。

後ろからはざわめきが聞こえていた。

それからリュート君は事情を説明した。竜国再建に動き出していること。世界樹の復活と新たな苗木について。他にも仲間が増えていること。

最後に改めて思いを語る。

「俺は賑やかだった頃の国を取り戻したいと思っています。俺一人じゃ難しかったけど、レナたちも協力してくれたおかげで、少しずつ近づいているんです。できたらグラネスさんたちも一緒に国を作ってほしい。だから……戻ってきてくれませんか」

「――ええ、よろこんで」

思わず驚いてしまった。声には出なかったけど、表情には表れただろう。グラネスさんはあっさりとリュート君のお願いに応じたのだ。

リュート君も彼女がこうも簡単に首を振るなんて思っていなかったらしく、私と同じように目を丸くして驚いていた。

「ふふっ、なにを驚いているの？」

「いや、正直断られると思っていたので」

「断ることなんてないわ。むしろ貴方たちのほうから提案してくれたことに感謝しているくらいよ」

グラネスさんは優しく微笑み、私たちの後ろにいる同胞へと視線を向ける。

「ここでの生活は悪くないわ。陸も近いし住居もある。苦労も多かったけど、百年住めば慣れるものよ。でも、この生活は長く続かない。私たちは女性しかいない種族だから」

今の言葉だけで悟った。グラネスさんが私たちの誘いに即答した訳……彼女たちセイレーンだからこそ抱える大きな問題。

それは、生物にとってもっとも重要なこと。子孫を残すという生きる目的の一つが、彼女たちには難しい。

「私たちは種族の中で子孫を残せないの。男性がいないもの。だから他種族の男性を見つけないといけなかった。それが今は難しいわ」

世界樹が寿命を迎え、竜国が崩壊したことで種族は散っていった。その選択によって彼女たちは絶滅の危機に瀕《ひん》している。

このまま隠れ住んでいれば、いずれ彼女たちはいなくなる。この世界から、セイレーンという種族は消える。

「このままじゃ駄目だとわかっていたわ。だけど、どうしようもなかった。そんな時、世界樹のマナを感じたの」

「だったら……戻ってきてくれればよかったじゃないですか。俺たちはいつでも――」

グラネスさんは首を横に振る。

「私たちは自分の意思で国を捨てたの。それなのに、自分たちが苦しくなったから戻ってくるなんて……卑怯《ひきょう》でしょ？」

「そんなこと俺は思わないですよ」

「リュートは相変わらず優しいのね。だから期待したわ。こうやって貴方たちが声をかけてくれることを……ね。貴方たちが、私たちが戻ることを許してくれるなら、そんな嬉しいお誘いを断る理由なんてないわ」

そう言ってグラネスさんは切なげな表情を見せた。嬉しさと申し訳なさ、それから不甲斐《ふがい》なさだろうか。いくつもの感情が混じり合って、溶け合っている……そんな表情を。

セイレーンをまとめる者として、悩み考えていたであろう彼女は、リュート君のほうへとゆっくり歩いてくる。

「貴方たちのやってること、私たちにも協力させてもらえないかしら？」

「はい。ぜひお願いします」

二人は握手をした。

百余年を経て、彼女たちは再び竜国の一員になった。

この時の私は、嬉しさと同時に胸の奥でくすぶる不安を感じていた。握手をしたリュート君のことを、キラキラした目で見ているシアさんと、期待の眼差しを向けるセイレーンたちが目に映ってしまったから。

◇◇◇

「そこの水路、一旦塞いで！　そこに水を貯《た》めるからくり置くから！」

「わかりました！」

「ドミナちゃん！　部屋の中は自由に装飾してもいいの？」

「中は勝手にしてくれていいぜ。でも後でな」

セイレーンのみんなが竜国にやってきて一週間が経過した。ドミナちゃんに指示されながら、吸血鬼とセイレーンが協力して街づくりに勤しんでいる。

元々セイレーンが暮らしていた場所を、ドミナちゃんのからくりでより快適に暮らせるように改造中だ。

私は自分の作業の合間に彼女たちの様子も確認していた。順調に街づくりに励んでいるかの確認……というより、あっちが気になるから。

「リュート様！　あとで私とお茶しませんか？」

「あ、ずるいわよシア！　お茶なら私のほうが淹《い》れるの得意ですよ」

「い、いや、この後も仕事があるから。様子を見に来ただけだし」

ゆっくり後ずさるリュート君と目が合う。

「ごめん、用事があるから行くよ」

「えぇ！　せっかく来てくれたのにもう行っちゃうんですか？」

リュート君はごめんと手を振って私のほうへ駆け寄ってきた。

「レナ」

「リュート君、どうしたの？」

「いや？　レナが見えたから来ただけだよ」

「そう……なんだ」

お互いに特に用事があったわけでもない。話が途切れて数秒の沈黙が訪れる。普段なら他愛のない話をして盛り上がれるのに、最近なんだか落ち着かない。

原因はハッキリしていた。今も向けられている彼女たちの熱い視線が、私の胸に秘めた思いを刺激している。

「ね、ねぇ、リュート君は……」

「なんだ？」

シアさんたちのことをどう思っているの？

聞こうとした内容が喉元で止まって、引っ込んでしまう。

「なんでもないよ。お仕事があるんでしょ？　頑張ってね」

「ん？　おう。レナも頑張れよ。また後でな」

「うん。また」

手を振って去っていくリュート君を私は見送る。後ろ姿を見つめながら、大きなため息をこぼす。

「貴女やっぱりリュート様のことが好きなのね」

「え……」

唐突に声をかけられ、その内容に驚いて勢いよく振り返る。そこにいたのはシアさんだった。

彼女は腕を組んで不機嫌そうな顔で私と向かい合う。

「シ、シアさん……」

「どうなの？　違うの？」

「それは……」

「違うならいいのよ。私がリュート様を口説き落として、リュート様の恋人になるわ」

いつになく真剣な表情で詰め寄るシアさんに、私はどう返していいのかわからなくて困惑する。数秒の沈黙を挟んで、シアさんはため息をこぼす。

「もういいわ。答えられないってことは、好きじゃないってことよね」

「違っ――」

「何が違うのかしら？　好きな人が目の前で言い寄られていても黙ってるじゃない。つまりはその程度ってことでしょう？」

違う。そんなことない。

口ではいくらでも否定できる。だけど、彼女の言う通り私は、リュート君が言い寄られている様子をじっと見ているだけだった。

まっすぐ気持ちを伝えているシアさんを見て、想いを伝えずにいる自分が恥ずかしく思えてきて……。

「てっきり貴女もリュート様が好きなのかもって疑ってたけど、その様子なら遠慮しなくてもよさそうね」

「え、遠慮って……」

「私はこれから、本気でリュート様に告白してくるわ」

「――!?」

シアさんは私にそう伝え、リュート君がいる屋敷のほうへと視線を向ける。

「告白……本気ってどういう」

「言葉通りの意味よ。私はリュート様と恋人に、いずれは夫婦になりたいの。この気持ちは本物よ。別にいいわよね？　貴女には関係ないんだから」

「それは……」

「それじゃ、行ってくるわ」

そう言って彼女は私のことには目もくれず、リュート君に会いに屋敷へと歩いていった。心なしかゆっくり歩いているように見える。

走るまでもなく追いつく速度……でも私はその場から動けず、ただ手を伸ばすことしかできなかった。

咄嗟に思ってしまったんだ。彼女の告白を止める権利が自分にあるのかと。私とリュート君は友達で、恋人じゃない。

種族も違う……言ってしまえば他人でしかない。今の私に彼女の告白の邪魔をする理由なんて……。

「理由……」

理由ならある。だって、私はリュート君のことが好きだから。彼女に散々言われて、でも言い返せない臆病者だけど、この気持ちは本物なんだ。

彼と出会って、彼と過ごして、彼に惹《ひ》かれて今がある。この気持ちはシアさんにも……他の誰にも負けない。負けたくない。

彼女に焚《た》きつけられたせいかな？

私は今、どうしようもなくリュート君に会いたい。会ってこの気持ちを伝えたいと思ってしまっている。

「リュート君……！」

気付けば私は駆け出していた。思いが高ぶって、全身に溢れ出して、もう止まれない。今まで理屈をたくさん考えていた。

竜国の再建が終わったらとか。助けてもらった恩を返してからじゃないといけないとか。気持ちを隠す言い訳ばかり並べていた。

その全ては吹き飛んで忘れてしまった。今はただ、この気持ちを吐き出したい。なにより、誰にも彼を取られたくない。

私は屋敷に飛び込んで、リュート君のもとへ向かう。扉の前までたどり着いた私は、いつもしていたノックを忘れて扉を開けた。

今は彼女が告白している場面かもしれないのに。彼女にとって大事なタイミングを邪魔するかもしれないのに。そんなこと関係ないと言わんばかりに、豪快に開いた扉の先には……。

「リュート君！」

「レ、レナ？　どうしたんだ？」

彼一人だけがいた。

テーブルに向かって仕事中だったのだろう。私が勢いよく入ってきてひどく驚いている。

私は息を切らしながら部屋を見回す。

「あれ……？　シアさんは？」

「シア？　来てないけど？」

「え……？」

彼女のほうが先に屋敷へ向かっていた。間違いなく私よりも前に屋敷に到着して、リュート君のところにたどり着いていたはずだ。

道中ですれちがったりもしていない。一体どういうことなのかと、苦しい呼吸を整えながら思考を回《めぐ》らせる。

「そんなに急いで何かあったのか？」

考えをまとめる前にリュート君に質問されてしまった。それも当然だろう。普段通りじゃない勢いと、血相で部屋に駆けこんできたんだ。

彼は私を見て心配してくれている。

「あ、えっと……」

何度確認してもシアさんの姿はない。あとから追ってきている様子もなく、私とリュート君は二人きり。告白しても誰にも邪魔されない。

逆に今ならまだ誤魔化せる。シアさんが私をからかって冗談を言った可能性もある。別にここで気持ちを伝えなくても、考えていた通り全部が終わってから……。

——そうじゃないでしょ！

「リュート君！　私……リュート君に伝えなきゃいけないことがあるの」

いつまでも誤魔化し続けてはいられない。私は勝手に安心していたんだ。彼の傍にいられて、ずっと一緒にいられる気がして……。

それが今、私以外に想いを寄せる人たちが現れて気付かされた。この安心は一方的な私の思い込みでしかないことに。

彼が私のことを大切に思ってくれていることはわかる。でもそれは、女の子としての私なのかわからない。

私は彼のことが大好きだけど、彼も同じ気持ちであってほしい。きっとそうだと思いたくて答えを知るのが怖かったんだ。

言葉にしなくちゃ伝わらない……通じ合えない想いがあることを、私は誰よりも知っている。

一人で隠し続けた想いはきっと、後になってから後悔を生む。この気持ちが後悔に変わってほしくない。

だから——伝えるんだ。

今!

「私——リュート君が好き」

「——!」

「聖女のふりをしてた頃から、ちゃんと私を見てくれてたリュート君が好き。なんにもなくなった私を助けてくれてもっと好きになって、この気持ちに気付いてからも好きになって」

下手くそな話し方だと自分でも思う。

気持ちが先行して上手く言葉になっていない。それに気付きながら、結局気持ちのほうが先走ってしまう。

「本当はもっと後になって伝えようと思ってた。リュート君の夢が叶って、全部できたよって言えた時に伝えようって。でも……我慢できなくなって」

それくらい好きなんだ。普段通りじゃいられないほど、彼のことを思えば思うほど胸が熱くなって、熱が全身に伝わって……涙すら出てしまう。

「レナ……」

「私……私……リュート君が好きで、誰にも取られたくないって思ったから。えっと、それで、それで……」

「――大丈夫。もう十分わかったから」

「え？」

いつの間にか、彼は私の目の前に来ていた。手と手が触れ合う距離。お互いの顔がよく見える。見上げた彼の表情は、今までで一番優しくて温かかった。

「レナって真面目だよな？」

「え、え？　なんでそんな……」

「考え過ぎなんだよ。いろいろとさ。もっと自分の気持ちに正直になればいいのに……まっ、それはお互い様だけどさ」

そう言って彼は私の肩を摑んだ後、優しく胸に抱き寄せた。

「リュート……君？」

「俺も好きだ。ずっと大切で……大好きだった」

彼は耳元で囁く。

告白の返事を、私がなによりも聞きたかった一言を。

「本当に……？」

「ああ。笑ってくれて構わないんだけどさ。俺もレナと同じこと考えてたんだよ」

「同じって？」

「全部が終わってから伝えようって。そうじゃなきゃいけないんだって、勝手に決めつけて黙ってた。そしたらまさか、先に告白されちゃうなんてな？　男としては複雑な気分だ。格好悪くてごめん」

彼は笑いながらそう言う。

私はたまらなく嬉しかった。情けないと思っていた自分の弱さが、彼の中にもあったことを知れて。まるでお互いに、見えない糸で結ばれていたような気がして。

「そんなことないよ。リュート君はいつだって格好いいよ」

「ありがとう。これからも、レナにそう思ってもらえるように頑張るからさ。だから……俺の隣にいてほしい。この先もずっと」

「……うん！」

なんて自分勝手なのだろう。

思いを隠していたことを情けないと感じていたのに、今はそれでよかったと思えている。思いを秘めていた時間も、こうして溢れ出た瞬間も、全部が心地よくて幸せだ。

気持ちが通じ合う。それを実感することは、この世で一番、幸せな瞬間なのかもしれない。

◇◇◇

屋敷の庭からリュートの執務室の窓が見える。木造の建物は音が外へ伝わりやすい。中は見えなくとも耳をすませば会話は聞こえる。

特に勇気を振り絞った告白は声量も大きく、外にいる彼女の耳にもハッキリと聞こえていた。

「……はぁ」

「──よかったのか」

ため息をこぼしたシアの後ろから声が聞こえ、彼女は振り返る。声をかけたのはプラムだった。彼女はプラムの顔を見てさらにため息をこぼす。

「なにしに来たのよ」

「別に。見回りをしていただけだ」

「見回り？　そのついでに他人のプライベートを覗き見していたの？　あまり褒められたことじゃないわね」

「お前に言われたくはないな」

そう言いながらプラムは執務室の窓へと視線を向けた。シアはプラムの視線に合わせて一瞬だけ執務室を見て、すぐに俯《うつむ》く。

「よかったのかって？　どういう意味かしら？」

「そのままの意味だ。お前はリュートのことが好きだったのだろう？」

「ええ」

「ならばなぜ、レナ様を焚きつけるような真似《まね》をした？　自分が告白するなどと嘘をついてまで、レナ様を後押ししたんだ？」

シアは、プラムが屋敷に来る前から見張っていたことに気付く。彼は全て聞いて知っている。シアがレナを煽ったことや、屋敷に行くというのは嘘で、隠れてレナが屋敷へ駆け出すのを見守っていたこと。

その全てをプラムは見届けていた。

「本当にひどい男ね。全部見てたなんて」

「お前がレナ様に余計なことをしないか見張っていた結果だ」

「ふっ、便利な言い訳よね」

悪態をつき、彼女は大きく長く呼吸をする。数秒の沈黙を挟み、ゆっくりと口を開く。

「ここに来た時に聞いたのよ」

「なにをだ？」

「彼女……レナがどうしてこの国に協力するようになったのか。この国へ来るまでなにをさせられていたのか」

「レナ様が話したのか？」

シアは首を横に振る。

「違うわ。リュート様に言い寄ってる時に聞いたのよ」

彼女にとってそれは何気ない会話の軽い質問でしかなかった。話題を広げようと、自分が知らない彼の過去を知ろうとしただけに過ぎない。

「私が聞きたかったのはリュート様の話だったのに、出てくるのは彼女の話ばかりだったわ。それも……同情したくなるような境遇の話ね」

「……そうだな。レナ様は同情など望んでいないだろうが」

「するなって言われるほうが無理よ。レナほど運命とか他人に振り回された人はいないでしょうね」

「ああ。それでもレナ様は直向《ひたむ》きに努力された。投げ出して、逃げ出してしまっても誰も責めなかったはずだ」

レナがこれまで歩んできた道のり。その話を聞いたなら、誰もがこう思うだろう。

どうしてそこまで頑張れたの？

自分の使命ではなく、姉の使命を遂行するために必要以上の努力をさせられて、あげく姉の気まぐれで全てを失ってしまった。

もっと他人を恨み、怒りに満たされてもおかしくなかったはずだ。それくらいの出来事が起きても、彼女を満たしたのは哀しみばかりだった。

嘆きはしても、誰かを恨むことはしなかった。見知らぬ他人のために費やした人生。それが報われない結末を迎えて尚《なお》、自分以外の誰かのために全力を出せる。

彼女が歩んできた道のりが、レナという人間をそのまま表していると言ってもいい。

「そんなの聞いちゃったらさ。自分じゃ敵《かな》わないなって思っちゃうじゃない。私の気持ちより、レナの気持ちのほうが強いんだろうって……それで、応援したくなっちゃうのよ」

「だからレナ様を焚きつけたのか」

「ええ。柄にもなく……ね」

「……後悔はしていないのか？」

プラムの質問に対して、シアは呆れたように笑って答える。

「してるに決まってるじゃない。私の王子様を譲っちゃったのよ？　これでまた探し直し……本当、いいことなんて一つもないわ」

「……」

「けど、きっと私が本気で告白しても、リュート様は応えてくれなかったでしょうね」

「……そうだな。あいつは他人に甘い。だが、譲れないものは何があっても守り抜く。そういう男だ」

シアの言う通り、もしも彼女がリュートに告白して本気で迫ったとしても、彼は断固として受け入れなかっただろう。

決して彼女のことを嫌っているわけではない。好意は純粋に嬉しいと受け止める。それでも、本当の意味で心を開くことはない。なぜなら彼の思いは、最初から一貫していたから。

僅かな時間で、シアはリュートの思いを見抜いてしまった。彼女は大きくため息をこぼす。

「貴方こそよかったの？」

「なんの話だ？」

「レナのことよ。あれだけ甲斐甲斐《かいがい》しく守ってあげてたじゃない」

「なにを勘違いしているか知らないが、俺がレナ様に感じているのは、我々の種族を救ってくださったことへの恩義だ。俺はあの方に恩をお返ししたい」

プラムは自分の忠誠心を語る。恥ずかしさに慌てることもなく、畏まった回答にシアはつまらなそうな顔をして言う。

「ふぅーん、それだけなの？」

「ああ。それ以上でも以下でもない。お前とは違う」

「あっそう」

「――ただ」

プラムは執務室の窓を見上げる。今もかすかに、部屋の中で語り合う二人の声が聞こえていた。楽しそうに声を弾ませている。

声を聞いて、仲睦《むつ》まじい二人の様子を想像したプラムは諦めたように笑う。

「もし仮に俺がそうだったとしても、あの二人の間に入れる者など……この世のどこにもいはしないだろう」

「……言えてるわね」

お似合いの二人だと、プラムとシアは同じことを考えて重なるように笑う。

「あーあ！　柄にもないことして疲れたわ！　ねぇ貴方、ちょっと私の愚痴に付き合いなさいよ」

「どうして俺がそんなことを」

「いいじゃない。どうせ今は暇でしょ？　あっちは楽しそうにしてるんだし」

「……はぁ、少しだけだ」

「ふふっ、貴方って意外と甘いわよね？　顔はとっても怖いのに」

「からかいたいだけなら俺は行くぞ」

「あ、ちょっと待ちなさいよ！」

そそくさと歩き出すプラムの後を、シアは駆け足で追いかける。屋敷から離れるにつれて、二人の声は小さくなる。

二人と二人、通じ合った者たちと、そうはなれなかった者たち。対極のように見えて、どちらも会話を弾ませていた。

第六章　共に歩む

暖かな陽気に包まれる。今日は一段と太陽の光が心地いい。

朝も普段より少し早めに目が覚めて、とくに予定があるわけでもないけど急いで身支度をして部屋を出た。

廊下を歩く速度もちょっぴり駆け足気味になる。私の身体を突き動かしているのは期待だった。もしかしたら、彼にバッタリ会えるかもしれない。

一緒にいられる時間が一秒でも長ければ幸せだと思える。だから、この曲がり角を過ぎたら彼の姿が瞳に映ってほしいと我儘な願いを思う。

「レナ」

「リュート君！」

私の我儘を聞いてくれたみたいだ。聖女でなくなった私だけど、なんだか無性に祈りを捧げたい気分になる。祈りというより感謝の気持ちだろうか。

願った通り、期待した通りに彼に会うことができたのだから。

「おはよう、レナ。いつもより早いな」

「うん。なんだか早く目が覚めちゃって。リュート君も早いよね？」

「俺も早く目が覚めたんだよ。あとはなんとなく、レナに会えるんじゃないかって期待してた」

「私もだよ」

私たちは同じことを考えていたらしい。お互いに会えたらいいなと思いながら廊下を歩き、その通りにバッタリ出会う。

離れていても通じ合っているみたいで、なんだかとても気持ちがいい。

「レナ。この後の予定はあるのか？」

「決まってないよ。また苗木の様子でも見に行こうかなって思ってた」

「じゃあ一緒に行くか」

「うん」

私たちは廊下を並んで歩き、屋敷を出て苗木が植えられている施設まで歩いて向かった。早起きの人たちはもう活動を始めている頃だろう。

今日は普段より早く目が覚めたからまだ私たちしかいない。朝日も東の空を淡く照らしていて、西の空には星の輝きが残っているくらいだった。

「朝は少し冷えるな」

「うん。セイレーンのみんなのために水路を広げたから余計にかな？」

「ああ、なるほど。彼女たちの居住区もそろそろ完成しそうだな」

「そうだね。吸血鬼さんたちと一緒に頑張って作ってくれてるおかげだよ」

施設に向かう途中、改装中のセイレーン用居住スペースを通る。水路を張り巡らせ、水車にちょっとした池も作られている。

水と共に生活することができるようにドミナちゃんが便利なからくりをたくさん作ってくれている。

「一番頑張ってるのはドミナだけどな」

「ふふっ、そうだね。この間なんて忙しすぎてリュート君用のからくりを作る時間がないーって嘆いてたよ」

「はははっ、できたらこれを機に忘れてほしいな、それ」

「無理じゃないかなー。ドミナちゃんやる気がすごいもん」

他愛のない会話で盛り上がる。

昨日、私たちはお互いの思いを伝えあった。そして、その思いに応え合った。晴れて両想いになった私たちだけど、自分でも驚くほど普段通りだ。

もっとドキドキしたり、慌てたりするものだと思っていた。でも実際は、心地よさのほうがずっと勝っている。

この思いが一方通行じゃなかったことに安心したからなのかな?

そんなことを考えていたら、いつの間にか施設までたどり着いていた。透明な壁と扉に囲まれた施設。入る前に中を覗いて、誰もいないことを確認する。

さすがに早いからアルマ君も来ていないみたいだ。

私たちは施設の中に入り、成長している苗木の前に並んで立つ。

「結構大きくなったよな。あとひと月もしたら俺の身長を抜くんじゃないか？」

「そうだね。その頃には種もできてると思う」

「じゃあ本格的に次の段階に進めるかわかるわけか」

「うん。楽しみだね」

苗木のほうは順調で、毎日安心しながら見ることができる。

リュート君のほうはどう思っているのだろう。ふと気になった私は、会話の途中で隣を歩く彼の顔をチラッと見た。

彼と目が合う。

「どうかしたか？」

「あ、えっと……リュート君の顔が気になって」

「ん？　俺の顔変だったか？」

「そうじゃないよ！　そうじゃなくて、いつもと違うのかなーって、思ったりとかして……」

自分で言っていて恥ずかしくなった私は、どんどん声量が小さくなっていた。恥ずかしさを誤魔化すように視線を横へ逸らす。でも、恥ずかしいけど彼の答えは聞きたいから、顔を横に向けたまま視線だけ戻す。

「いつもとは……そうだな。同じじゃないかな」

「そう……なんだ」

ガッカリしてしまった自分にハッと気付く。これじゃ駄目だと思った私は、誤魔化すために話題を変えようとする。

「そういえば——」

「今さらではあるんだけどさ」

「え？」

「俺、レナとこうやって一緒にいる時間がずっと前から大切で好きだったんだよ。だから今日も、いつも通り幸せだなぁって思ってた」

「リュート君……」

私は彼の顔を見つめる。

一瞬でもガッカリしてしまった自分が恥ずかしい。彼がどれほど私のことを思ってくれているのかが伝わってくる。

いつも通りであることが、こんなにも幸せに感じられてしまうなんて。

「なんか改めて言うと恥ずかしいな」

「ううん。ありがとう。私もリュート君と一緒にいる時間が一番好きだよ」

「そうか。ならよかった」

「うん」

私はリュート君のことが好きだ。思いを伝えて、通じ合ったからこそより強くそう思えるようになった。

きっとリュート君も同じ気持ちでいてくれる。そうあってほしいと願うだけだった今までと違って、きっとそうだと思えるようになった。

「そうだ。今日は時間あるし、もう一カ所寄ってもいいか？」

「え、うん。いいけど、どこに行くの？」

「世界樹の根本《ねもと》だよ」


施設を出た私たちはそのまま世界樹の根本まで歩いて向かった。施設からも目と鼻の先にある。この国を守ってきた世界樹は、近づくほどに存在感を増す。

根本までたどり着いた私とリュート君。私には彼がどうしてここへ来たがったのか予想がついていた。

彼は世界樹の太くて大きな根に優しく触れる。

「……母さん」

そう、この世界樹の中にはリュート君のお母さん、アリステラさんの意識が宿っている。私は以前、魔法で世界樹の記憶を読み取ろうとした時に彼女と邂逅《かいこう》した。

アリステラさんに言われたことは今でもハッキリと覚えている。彼女は世界樹の中でリュート君たちの存在を感じながら、みんなの幸せを願っていた。

「母さん、実はさ。俺とレナは恋人同士になったんだ」

彼は世界樹に向けて語りかける。私は隣で恋人という単語にぴくっと反応した。改めて言われるとなんだかむず痒い。

「母さんもレナとは話したことあるんだよな。だったら知ってると思うけど、すごく努力家で頼りになる人なんだ。それで、一緒にいて幸せな気持ちになれる」

「リュート君……」

「父さんと母さんの時も、こんな気持ちになったのかな？　あの頃は恥ずかしくて聞けなかったけど、聞いておけばよかったよ」

リュート君のお父さんは私と同じ人間だった。人間でありながらドラゴンであるアリステラさんと恋をして、夫婦になってリュート君とサリエラちゃんが生まれた。

ドラゴンに比べれば人間の寿命は短い。リュート君がまだ小さい頃に彼の父親は亡くなったと聞いた。

もう会うことができない父親と、リュート君は成長した今だからこそ話したいことがたくさんあるという。

きっと彼に限った話じゃない。世の中にはそういう、手が届かなくなってから後悔することが多いんだ。

世界樹を愛《いと》おしい視線で見つめるリュート君。彼を見ながら私は思う。

彼との時間に後悔を残さないようにしたい。全力でやれることをやって、全部やりきって生き抜きたい。

最後の最後まで、幸せだったと笑いながら生きられたらいいな。

そのためにも、私にできることを精一杯頑張ろう。まずはこの国と、ここで暮らす多くの種族たちが快適に過ごせるように。

それから——

◇◇◇

施設の中が緑で満たされている。大小異なる木々が十本を超えた頃には、セイレーンのみんなを迎えて三か月が経過していた。

「アルマ君、どう？」

「問題ありません。全部順調に成長していますし、マナの生成も良好です」

「そう。上手くいってくれたみたいだね」

「はい！」

私とアルマ君は木々の状態を見てまわり、問題ないことを確認してからいち段落つく。小さかった三本の苗木が成長して、そこから種が作られた。

次の課題だった種からの成長も問題なく進んでいる。

最初に植えた三本のうち、一本は成長が遅く種を作るまでにも時間がかかった。そのため途中で二本だけに絞って観察を続けた。

残った二本は花をつけるものと、実がなるものだ。成長速度に若干の差はあるものの、どちらもすくすくと成長し、今では綺麗な花と丸く赤いりんごのような果実を実らせている。

「レナさん、これなら次に進めてもいいのではないでしょうか」

「そうだね。リュート君に相談してみよう。次の段階……この木を世界中に植えることを始めていいかどうか」

そう二人で話し合ってから私たちはリュート君がいる執務室へと足を運んだ。

扉をノックして彼の声を聞き、中に入る。彼はテーブルに向かって座り、地図や資料とにらめっこしていた。

「レナ、アルマもどうした？」

「リュート君、新しい世界樹がいい具合に成長してるんだ」

「ああ、知ってるよ。だいぶでかくなってたよな」

「うん。だからね？　そろそろいいんじゃないかなって思うんだ」

抽象的な言い回しになってしまったけど、今の一言でリュート君は私たちが考えていることを悟ってくれたみたいだ。

彼はワクワクしたような表情を見せ、さっと椅子から立ち上がる。

「よし！　みんなを集めようか」

「うん！」

その後すぐに街で仕事をしているみんなに声をかけ、屋敷の前に集まってもらった。最初は私とリュート君にサリエラちゃん、ロドムさんの四人だけだった街が……。

「み、皆さんこちらです」

「なんだなんだ？　急に呼び出してよぉ」

「お呼びでしょうか？　レナ様」

「貴方はいつも堅苦しいわね。見てるこっちが疲れるわよ」

ずいぶんと賑やかになった。アルマ君、ドミナちゃん、プラムさんたち吸血鬼のみんなと、シアさんたちセイレーンのみんなも加わって。

まだまだ当時の光景には足りないのだろうけど、今この場所だけを区切って見ていたら、賑やかだった竜国に近づいている気がする。

リュート君の嬉しそうな横顔を眺めながら私も嬉しくなって微笑んだ。

「さて、みんな急に集まってもらってすまない。実はみんなに協力してほしいことがあるんだ。

説明は俺から、よりもレナ、君からするべきだと思う」

「うん。私がするよ」

私もそのつもりで身構えていた。大勢の前で話すのは緊張する。だけどこれは私が伝えるべきお願いだから。

大きく深呼吸をして、みんなに聞こえる声を出す。

「皆さんもご存じの通り、私たちは今、世界樹に代わる新しい木を作っていました。苗木から育てて成長を見守って、種ができてからもちゃんと成長するか確認していましたが、問題なく大きくなっています」

「そういやこの間見た時でかくなってたな。あたしの身長とかいつのまにか超えられてたぜ」

頭の後ろで手を組んで話すドミナちゃんの声を聞きながら、私は次の言葉を頭に思い浮かべてから口にする。

「私とアルマ君で経過を観察して、これなら自然の中に植えても問題ないと判断しました」

「おお、ではついに！」

「そういうことなのね」

プラムさんやシアさんのように気付いた方々も大勢いるみたい。周囲がざわめき出す中で、私はみんなに宣言する。

「そこで、私たちは次の段階に移ろうと思います！　新しい世界樹を世界中に植えていくんです！」

私がそう口にしたことで、一斉に周囲から歓声に似た声があがる。気付いていた人も含めて喜びと期待を声に表していた。

歓喜の声が鳴りやまないうちに、私は声を張ってみんなにお願いをする。

「これから私たちで世界樹の苗を作って世界各地に植えていきます！　世界はとても広いので、私たちだけだと難しいんです。だから皆さんにも協力して頂きたくて」

「もちろんだぜ！」

「我々は夜しか行動できませんが可能な限り力になりましょう」

「そういう話なら協力しないわけにはいかないわね」

私が最後まで言い切るよりも早く、賛同する声が聞こえてきた。この場にいる全員が同じ気持ちでいる。

みんなの表情を右から左へ見回し確認して、私はぐっと手に力を入れる。

「ありがとうございます！」

私たちは大きな壁を一つ越えることができた。それを実感しながらみんなに感謝の気持ちを込めて頭を下げる。

「よかったな。レナ」

「うん」

「レナ様、具体的にどのように進めていくのか教えて頂いても構いませんか？」

「はい！」

プラムさんの質問に答える形で、私は続けてみんなの前で話す。

「まずはこの国の周りから植えていこうと思っています。ここから徐々に外へ広げていって、いずれは世界中に植えられたらと」

「なるほど。その過程で他の自然への影響も確認するのですね」

「はい。基本的には元の世界樹と同系統の植物なので、他の植物に影響を与えたりはしないと予想しています。それでも念のため、何が起こるかわからないですから」

「賢明な判断だと思います」

プラムさんの適切な質問のおかげで、説明がやりやすかった。私が話の途中で一呼吸おいたことで、ドミナちゃんから声があがる。

「あのさ。聞きたいんだけど、あたしらだけでそれやるの？　最初はいいけど結構きつくない？　この国の周りだけでもそれなりに広いんだぜ？」

「確かにそうだね……」

「ずっとあたしらだけで続けるのは無理があると思うんだよね」

ドミナちゃんの意見はもっともだった。新しい世界樹の苗木を植えていく作業は地道で時間もかかる。

この広い世界の全てにいきわたらせようと思ったら、私たちが毎日働いても間に合うかどうか……。

考えなかったわけじゃない。ただ目的を一つ達成したことで気持ちが逸《はや》っていたのだと思う。ドミナちゃんのおかげで冷静になれた。今後のことを考えたら、協力してもらえる人数は増やさないといけない。

そうなるとまだ見つけていない他種族だけど、リュート君から残りの種族の居場所はわからないと聞いている。

「そんで提案なんだけどさ！　あたしらドワーフの村に行くってのはどうかな？」

「ドワーフの村？」

「そう！　んでもう一回チャレンジしてみるんだよ！　一回断られてるけどさ。今ならもっと前向きに考えられるんじゃないかなって」

「確かに説得してみる価値はあるな」

リュート君もドミナちゃんの意見に頷きながら納得している。前に断られているけど、以前とは状況が違う。

竜国の再建と亜人種にとって住みやすい世界を作ること。達成の兆しが見えた今なら私たちの言葉にも説得力が加わる。

リュート君とまったく同じセリフだけど、説得してみる価値はあると私も思った。私とリュート君は顔を見合わせ頷く。

「リュート君」

「ああ。明日にでも出発しよう」

「待った待った！　話はまだ終わってないんだって！」

ドミナちゃんが元気いっぱいに手をあげながら主張する。私たちを含めて全員の視線が彼女に集まった。

みんなに注目される中で、彼女は堂々とした態度で言う。

「その説得役さ？　あたしがやりたいんだよ」

「ドミナが？」

「おう！　ダメか？」

「いや、駄目なことはないんだが……」

リュート君も驚いたのだろう。彼は私に視線を向ける。もちろん私も驚いていた。同じ疑問を抱いたであろう私たち。私がリュート君の分も質問する。

「どうして？」

「別に大した理由はねーよ。あたしはドワーフだからな。仲間を説得するならあたしから言ったほうがー、うーん違うな。なんつーかその、教えてやりたいんだよ」

彼女は頭をポリポリかきながら照れくさそうに続ける。

「ここでいろんなもん作って、賑やかな感じで毎日いて、こんなに楽しいんだぜって。だから
お前らも来いよーって、言いたいなと思っただけだ」

「ドミナちゃん……」

「な、なんか恥ずかしいな。そういうわけだから、あたしにやらせてくれ。いいだろ？」

ドミナちゃんは頬を赤くしながらリュート君に尋ねた。リュート君はニコッと微笑んでから
頷き答える。

「もちろんだ。説得はお前に任せるよ」

「よっしゃ！」

今の話を聞いて断る理由なんてなかっただろう。ここでの暮らしを楽しいと思ってくれてい
る彼女の言葉が、ドワーフのみんなにも伝わればいいと思う。

ドミナちゃんの話が出たことで、私の頭にはもう一つの種族のことが浮かんでいた。ドワー
フの説得に再挑戦するなら、彼らも――

「つーわけで、アルマ！　エルフはお前がやれよ！」

「え、えぇ！　僕ですか!?」

と思ったところで、ドミナちゃんが先に口を開いた。アルマ君が戸惑いを露にする。

「な、なんで僕なんですか？」

「何言ってんだ？　お前はエルフなんだから当然だろ？」

「で、でも僕に説得なんて……」

「うじうじすんなって！　大体あの木を作ったのだって半分お前だろ？　もっと堂々としてりゃいいんだよ！　こんだけすげーもん作ったんだぞって！」

言い方は乱暴だけどドミナちゃんがアルマ君を勇気づけようとしているのがわかった。新しい世界樹の誕生には、アルマ君の協力は欠かせなかった。一緒に作り上げた私が保証する。

そんな話を何度もしているけど、彼はいつも謙遜して、そんなことないですと首を横に振っていた。

私はずっと、彼にも自信を持ってほしいと思っていたから、ドミナちゃんのセリフには深く共感できる。

「む、無理ですよ。話すのも苦手だし、みんなも僕の話なんて聞いてくれない……」

「あのなぁ！　お前だってあたしと同じこと思ってるんだろ？　それともなんだ？　ここに来る前のほうが楽しかったか？」

「そ、そんなことないです！　ここは……すごく居心地いいです」

「だったら！　それを伝えりゃいいんだよ」

ドミナちゃんの熱い言葉が響く。聞き入る人たちも多くいて、数秒の静寂が生まれる。そんな中、アルマ君は下を向いてしまっていた。

ドミナちゃんの気持ちはわかるけど、無理強いはさせたくない。私は静寂を破り、アルマ君

に囁くように言う。

「アルマ君、本当に無理なら――」

「いえ、や、やります！　僕も……ちゃんと伝えて、みます」

私の言葉を遮って、彼は勇気を振り絞って声に出した。緊張と不安からか手が震えている。だけど視線はまっすぐに、力強く私を見ていた。

「アルマ君……」

「よく言ったぜ！　それじゃ頑張って説得しようぜ！」

「は、はい！」

こうして、ドワーフとエルフの説得は二人に任せることにした。

◇◇◇

翌日の早朝、私たちはドワーフの村を目指して出発した。場所は一度行っているし、ドミナちゃんもいるから間違えることはないだろう。

あとはリュート君の背に乗って近くまでひとっ飛びだ。

「うおー！　相変わらず絶景だな」

「おいドミナ、あまり身を乗り出すなよ？　落っこちるぞ」

「わかってるって。ていうかさ。レナとリュート、あとアルマはわかるんだけど……」

ドミナちゃんの視線は残り二人に向けられた。

「なんで二人増えてるんだ？」

「俺はレナ様の護衛をするためについてきている」

「私は頼まれたからよ」

「俺が二人にも来てもらえるようにお願いしたんだ」

リュート君が答えて説明する。プラムさんとシアさんに同行をお願いした理由は、新しく協力してくれる種族が増えたことを示すため。

私たちのやっていることに賛同する者たちがつどっている。それを伝え、姿を見せることで信じてもらうために一緒に来てもらっていた。

「説得の邪魔はしない。安心してくれ」

「私たちは後ろから見守っているわ」

「まぁそういうことなら別にいいけどさ……」

「ドワーフの協力はドミナの説得にかかってるからな。というわけでもう到着するぞ」

「早すぎだろ！」

ドミナちゃんがツッコミを入れてすぐにリュート君は降下していく。見たことのある景色を前に、私の脳裏には初めてドワーフの村に来た時のことが思い浮かぶ。

プレッシャーをかけるつもりはないけど、彼らが協力してくれるかはドミナちゃん次第になるだろう。私たちは彼女の決意と思いを信じて見守るしかない。

地上に降り立ち私たちはドワーフの村に入る。一度入っているから顔を覚えられていたのか、警戒されることはなかった。

村を治めているリュート君の友人ゴンタさんのもとに案内される。

「リュートか。また来たのか？　今度はどうし……あれ？　そっちにいるのはプラムか？」

「ああ。久しぶりだな、ゴンタ」

「おう久しぶり！　なんで一緒にいるんだ？　というかお前ら仲悪かったんじゃなかったか？」

「いろいろあってな。プラムたちも今は一緒にいるんだ」

「そうなのか。よく見たらセイレーンも一緒みたいだな。この短い期間によく……随分と増えたな」

シアさんがにっこりと微笑みかける。ゴンタさんは軽く会釈を返してからリュート君に尋ねる。

「そんでどうしたんだ？」

「今日は俺からじゃないんだ」

「ん？　ドミナ？」

「村長！　大至急！　村のみんなを集めてほしい。あたしから話があるんだ」

十数分経過して、ゴンタさんの家の周りにドワーフたちが集まってきた。私を含めた多種族が一緒にいることへの様々な反応が聞こえる。

絶妙なざわめきの中で、ドミナちゃんが前に出る。

「久しぶりだなみんな！　元気にしてたかよ！」

「ドミナだ。村を出たって話だったけど」

「戻ってきたのか？」

「あたしは見ての通り元気だぜ！　今日戻ってきたのはみんなに話したいことがあったからなんだ！　お前らもあたしらのところに来てくれよ！」

静寂……。

ドミナちゃんの言葉に反応はなく、当然のように静まり返った。大方予想していた通りの反応ではある。ドミナちゃんはため息をこぼす。

「はぁ、まぁそうなるよな。けどこっちは快適だぜ？　街中いろんなもんをいじくり放題！　毎日新しいからくりを作ってるんだ。ここと違って広いし、いろんな奴がいるからな！　いろいろ試せて最高なんだぜ？　この間なんかさぁ」

それからドミナちゃんはからくりの話をしばらく続けた。楽しそうに、自慢するように話すドミナちゃんに、ドワーフたちは興味をそそられている。

ドワーフにとって物作りは生活の一部であり、欠かせないことだという。ドミナちゃんが楽しそうに話す内容に心が揺さぶられている。

話の内容も、同じ物作りが大好きな彼女だからこそ、ドワーフたちの心を摑んでいるのだろう。

「なぁお前らも一緒にやろうぜ？　すっごい楽しいからさ！」

「な、なんかよさそうだよな？」

「だ、だな。で、でもさ……」

揺れる心。しかし彼らの中には揺らがない不安要素があった。それは……人間である私の存在だった。

「人間がいるんだろ？　一緒の街で暮らすとなにされるか」

「あのなぁ～　まだそんなこと気にしてるのかよ！　人間が全部悪い奴らなわけないだろ！　だってあたしが生きてるんだぜ？　人間が悪い奴ばかりならさ！　なんで親父《おやじ》は一人であたしを育ててくれたんだよ！」

ドミナちゃんの思いが響き渡る。

彼女の父親は人間だった。好奇心から村を出た母親と出会い、ドミナちゃんを授かった。マナの欠乏で命を落とした母親の代わりに、彼女の父親は一人でドミナちゃんを育て、ここに戻ってきたという。

「悪い奴なら赤ん坊のあたしなんて捨てるだろ！　そうしなかったんだよ！　母ちゃんが死んだのだって親父のせいじゃない！　マナが足りなくなったのは誰のせいでもないんだよ！　それにこいつもだ！」

ドミナちゃんは私を指さす。

「レナはな？　あたしらが快適に生きられるようにって、新しい世界樹まで作ったんだぜ？　悪い奴が他人のためにそんなことするかよ！　これから新しい世界樹をいろんな場所に植えていくんだ！　そしたら外だって自由に歩ける！」

「外を自由に……」

「新しい世界樹だって？　そんなものを作ったのか」

「近いうちに必ずそうなる！　でもお前ら、そうなった時も土の中で隠れてるつもりかよ？　それとも変わってからしれっと恩恵だけ受けるのか？　そんなずりぃ真似するつもりかよ！」

「……」

再びの沈黙。

彼女の熱く激しい思いは確実に彼らの心に届いている。それでもまだ足りない。彼らの重い腰を動かすためには、なにか一つ。

「――俺は協力しよう」

そう言ったのはゴンタさんだった。

「ゴンタ？」

「そ、村長⁉」

「お前たちもドミナの話を聞いて興味が出てきたんだろう？」

「そ、それはそうですが……」

「わかってる。お前たちの不安は……だがな。お前たちが知っているのは知識だけだろう？この中に、実際に人間と関わったことのある奴はいるか？」

ゴンタさんの質問に誰も答えない。というより、誰も答えられる人がいないのだろう。つまりはこの沈黙が答えだ。

「いないよな。じゃあ知ってるのはドミナだけってことだ。聞いただろお前たちも。ドミナがあそこまで言うんだぞ？　ちょっとくらい、やる気出してもいいんじゃないのか？」

「村長……」

「強制はしない。ここに残りたかったら残ればいい。別に俺がいなくてもお前たちなら大丈夫だろ。嫌なら残ればいいんだ。だが少しでも外に興味があるっていうなら、俺と一緒に来ればいい。どうする？」

ゴンタさんが問いかける。ドワーフの同胞たちは互いに顔を見合わせる。お前はどうする、どうしたいと問いかけ合う。

「お、俺は行ってもいいかなって思ってる」

「そうか？　お前が行くなら俺も」

「新しい街づくりってのも興味あるしな！」

そうして次々にゴンタさんと共に行くことを望む声があがる。足りなかったあと一つは、ゴンタさんが私たちに助力してくれたことで満たされた。

信頼している村長の彼が行くと言ったことが大きかったのだろう。不安より今は興味と期待のほうが強くなっているように見える。

「ゴンタ。ありがとな」

「俺は手助けしただけだよ。頑張ったのは……」

「ああ」

そう、頑張ってくれたのは彼女だ。

私のことを含めて、彼女が全力で思いを伝えてくれたおかげで、ゴンタさんも協力してくれたのだから。

「ドミナちゃん、ありがとね」

「別に、思ったこと言っただけだからな」

「それでも嬉しかったよ」

「へへっ、なんかやっぱ照れるな。それから……嬉しいな、こういうの」

「そうだね」

思いが通じる喜びは私にもわかる。彼女は今、誰かと気持ちを通わせた感動で胸がいっぱいになっているはずだ。

その証拠に、今まで見た中で一番嬉しそうな笑顔をしている。

「あたしの役割は終わったぜ。つーわけで、次はお前だアルマ！」

「は、はい！　頑張ります」

ドワーフの村での目的を達成して、私たちは早々に次の目的地へ向かう。

◇◇◇

私たちは再びリュート君の背に乗り、次なる目的地へと向かう。ドワーフの皆さんには明日の午後に迎えに行くから、それまでに引っ越しの準備をしておくように伝えてある。

ドミナちゃんのおかげで彼らの協力は得られるようになった。この調子で次の説得相手、エルフたちとも仲良くできれば……。

「そろそろ到着するぞ。準備はいいか？　アルマ」

「……」

「アルマ？」

「あ、はい！　すみません！」

「いや……なんで謝るんだよ」

リュート君に声をかけられ驚いたアルマ君はビクッと身体を震わせて謝罪した。彼の謝り癖は未だ健在だった。

呆れるリュート君。アルマ君は誰の目からもわかるくらい緊張している。

「おいしっかりしろよ。お前の説得にかかってるんだからなぁ」

「う……はい」

「あんまりプレッシャーをかけるなよ、ドミナ」

「だって事実だろ？　お前はすげーもん作ったんだから！　もっとしゃきっとしろ！」

ドミナちゃんなりにアルマ君を鼓舞し、彼の背中を豪快にパンと叩く。あまりに強く叩きすぎてふらつくアルマ君の手を私は握る。

彼の小さな手は僅かに震えていた。私はその震えを抑えるように、そっともう片方の手でも触れて言う。

「大丈夫だよ。言いたいことを言えばいいだけだからね？」

「は、はい。頑張ります」

アルマ君は私の手をぐっと握り返してくれた。緊張しているのは変わらない。それでも決意を胸に抱き、震えは止まったみたいだ。

そうしているうちに私たちは目的の場所、エルフの里の上空へたどり着いた。

以前に訪れた時は戦闘になりかけて大変だったけど、今回はその心配はなさそうだ。

彼らは私たち、とくにリュート君の存在を知っている。敵ではないとわかっている今は、彼らの里に近づいても警戒されない。

入り口で警備をしていたエルフに声をかけられ、里長《さとおさ》さんのところへ案内してもらう。二度目の訪問にエルフたちも興味があるのだろう。

里の中を歩く私たちを彼らはそっと見守っていた。

「ようこそいらっしゃいました。リュート様に皆さま」

「こんにちは。いきなり来てしまってすみません」

「いえいえ、お気になさらないでください。リュート様であればいつでも歓迎いたします。ですが今回は、また懐かしい方々とご一緒ですね」

話しながら里長さんはプラムさんたちに気付いた。ドミナちゃんも含め、以前の訪問の時はいなかった彼らと目を合わせていく。

「彼らは今、共に竜国の再建に取り組んでいる仲間です」

「ほう。そうだったのですか」

「はい。ちょうどついさっき、ドワーフの協力も得られるようになりました」

「……なるほど。それで、私たちにも、というわけですね」

話の流れから私たちの目的を悟った里長さんに、リュート君は軽く頷いて肯定する。里長さんは嬉しような、悲しいような微妙な表情を見せる。

「リュート様、失礼ですが我々は……」

「事情は承知しています。その上で話を聞いていただきたい。俺からじゃなくて、ここにいるアルマから」

「アルマ？」

里長さんがアルマ君に視線を向ける。目と目が合い、ビクッと身体を震わせるアルマ君の背中を、再びドミナちゃんが叩く。

「ほら、しゃきっとしろ」

「……はい！　さ、里長さん！　皆さんを、あ、集めて頂けませんか？」

「……少しお待ちなさい」

しばらく待つと里長さんの呼びかけで里にいるエルフのみんなが集まってくれた。里長さんの家の前にずらっと並ぶ。彼らの視線の先には、緊張でガチガチなアルマ君がいる。

勇気を出して前に出てくれた彼だけど、いざ大勢の前で話をしようとすると今までの倍以上の緊張が押し寄せているのだろう。

「なんだ？　アルマが話すのか？」

「一体なんだというんだ」

「……」

アルマ君を見ながらエルフたちから様々な声があがる。話があると集まってもらってから、無言のまま一分が経とうとしていた。

「アルマ君……」

「大丈夫だ。今は信じてやろう」

「うん」

私たちはアルマ君を信じて黙って見守った。彼の瞳や仕草からは、話をしようという気持ちは伝わってくる。頑張って一歩を踏み出そうとしているんだ。

だけど、さすがに待たされる側は困惑するだろう。

「おいアルマ、いつになったら話が始まるんだ？」

「何もないなら戻らせてもらうぞ」

「あ、えっと……」

私たちと違い、彼らはそう長く待ってくれない。アルマ君もわかっている。だから彼は勇気を振り絞り行動を起こす。

「あ、あの！　これを見てください」

そう言って彼が取り出したのは、新しい世界樹の苗木だった。

「なんだ？　ただの木……いや待て、濃いマナを感じるぞ」

「どういうことだ？　ただの植物がこれほどの濃度のマナを放出するわけがない。これはまるで……小さな世界樹だ」

エルフはマナに敏感な種族。彼らは一目見てただの植物でないことを悟る。そして興味をそそられた彼らは苗木を見ようと距離を詰めていく。

「こ、これは世界樹を元に作った……新しい世界樹です」

「新しい世界樹だと？」

「そんなものが？　しかも作った？　まさかアルマがか？」

「は、はい。僕とレナさんで協力して、他の皆さんにも手伝ってもらいながら」

彼は話しながら私に視線を向けた。目が合った私は優しくニコリと笑う。この笑顔が少しでも、彼の背中を押してくれれば嬉しい。

アルマ君は苗木をみんなに見せながら続けて話す。

「この新しい世界樹は種を作ります。その種を植えれば、また新しい世界樹が育ちます。どんどん続ければ、い、いつか世界中にこの木が広がります」

「世界中……」

「そうなればマナが世界中に満たされる」

「そ、そうです！　一本の世界樹に頼るんじゃなくて、小さな世界樹を広げていく。こ、これが僕たちの考えた新しい世界樹の形……です」

エルフたちの関心が新しい世界樹に向けられる。必然的に彼らの視線もアルマ君にではなく、彼が持っている苗木に集まった。

これが彼なりに考えた説得方法。話すことが苦手で、注目されれば緊張してしまうことがわかっていた彼は、言葉ではなく実際に見てもらうことにしたようだ。

言葉で伝わりにくいことでも、実物を目の当たりにすれば理解が早い。その思惑通り、エルフたちにも私たちの展望が伝わっただろう。

「ぼ、僕たちはこれから、この苗木を植えていきます。そ、それを皆さんにも手伝ってもらいたい……です」

アルマ君のお願いを聞いたエルフたちは、互いに見合ってどうするかと悩み出す。無理だと即答されなかっただけでもいいことだ。

ドワーフのみんなと同じ、あと一押しさえあれば協力してもらえそうな気配がある。あの時は村長であるゴンタさんの言葉が力になった。

アルマ君は里長さんに助けを求めるように視線を向ける。だけど里長さんは目を伏せて彼に言う。

「アルマよ。なぜワシらに協力してほしいと思ったのじゃ？」

「え、それは……」

「ワシらは一度、リュート様の誘いを断っておる。その理由はお前もわかっておるじゃろう？」

彼らは今の生活を守りたい。命を守るために魔法を禁じ、魔法を使わない生活を続け、ようやく慣れてきた。

新しく作り上げた生活の基盤を乱したくない。だから里長さんは、以前に私たちの誘いを断ったんだ。

アルマ君は誰よりもその理由を理解している。魔法を禁じられた現代でも、彼は一人で魔法を突き詰めていた。そんな彼だからこそ、私たちに協力してくれた。

そう、彼だから――

「僕は……魔法が大好きです。頑張って、いろいろ試して……なんでもできる。新しい世界樹だって作れた。魔法のことを考えるのは楽しくて、ワクワクするんです」

魔法を捨てられなかった彼だから言えることがある。彼は胸に秘めた思いをさらけ出すように語り出す。

「魔法には可能性があります。僕はもっと……魔法を勉強して、いろんなことができるようになりたい。そういう世界になってほしい。だから、これを作ったんです。僕は……み、みんなにも思い出してほしい……と、思ってます」

「思い出す？」

「魔法の楽しさ、面白さを……一緒に」

アルマ君が伝えたいことはシンプルだった。魔法は素晴らしい力なのだと、新しい可能性を秘めていることを知ってほしい。忘れているなら思い出してほしい。

エルフは本来、魔法を得意とする種族だった。マナの枯渇の影響で、魔法を使うことが自殺行為になってしまった現代では、その得意なことを活かすことができなかった。だけど、新しい世界樹が広まれば世界は変わる。

もしも問題が起こっても、その時はまた試行錯誤して新しい可能性を探ればいい。今こうして変わろうとしているように、未来は自分たちの努力次第だと。

アルマ君も伝えたいことは出し切ったみたいだ。もう言葉は出ないと息を切らし、彼らの反応を待っている。

私も、どうか応えてほしいと心の中で願う。

「……そんなの知ってるよ」

「え？」

「魔法が面白いってことくらい知ってる。忘れるわけないだろ？　一度でものめり込んだことを忘れるはずがない」

「だ、だよな？　実は俺もこっそり新しい魔法とか考えたりしてたんだよね」

ぽつりぽつりとエルフのみんなから本音が漏れだす。彼らは忘れたわけでも、魔法を嫌いになったわけでもなかった。

使えない状況だから、生きるために仕方なく我慢していただけだった。私は初めて里長さんからアルマ君の話を聞いた時、こう思った。

彼らはアルマ君を遠ざけたけど、それは彼を見ていると魔法の面白さを忘れられないから。羨ましいと思っていたんじゃないかって。私の予想は当たっていたのかもしれない。

「新しい世界樹が魔法で作れたんだろ？　それができるなら、この先も魔法で解決できるんじゃないか？」

「そうだよな。やれるってことだよな！」

「ああ。さ、里長！　俺もアルマたちに協力したいです！」

「私もです！」

エルフたちは目を輝かせながら里長さんに懇願し始める。一人が声をあげるとその隣も同意して、また隣にも思いが伝播《でんぱ》する。

一度でも素直になったらもう止まらない。エルフたちの意見は一致していた。アルマ君の思いは彼らを動かしたんだ。

「よいのじゃな？」

里長さんは改めて仲間たちの意思を確認する。この場にいる全員が、まっすぐに里長さんを見ながら頷いた。

「そうか。皆が望むのであれば止めることはない。ならば本日をもって魔法の使用を解禁しよう！　ワシらも竜国の再建に協力するのじゃ」

「「「おお！」」」

歓声があがる。

それだけ魔法の解禁が彼らにとって嬉しいことだったのだろう。ずっと我慢していた分、開放的になっている。

「アルマ！　あとでお前の家に行ってもいいか？　さっそく新しい魔法を試したいんだ」

「あ、ずるいぞお前！　俺もいいか？」

「え、あ、えっと……はい」

アルマ君の周りにエルフたちが集まっている。彼が密《ひそ》かに蓄え積み上げた魔法の知識を求めている。戸惑いあわあわするアルマ君を、私たちは見つめていた。

「よかったね。アルマ君」

彼の努力が、諦めなかった心が認められた瞬間だ。

これでついにエルフの協力も得ることができた。ドラゴン、エルフ、ドワーフ、吸血鬼にセイレーン……そして人間。

異なる六つの種族が一つになり、共に国を作り上げていく。竜国ドラゴニカの復活もそう遠くなさそうだ。

第七章　悪循環

ドラゴニカを囲む森の一部。建物を修繕するために木材が必要になって、木を切り倒した場所がある。

「ここに植えていきましょう！」

私の一声にみんなが賛同してくれた。新しい世界樹が完成し、いよいよ実際に植えていく作業に入った。手始めに国から近い森に植えていく。

この場所を選んだのは、私たちの街づくりのために使った場所を、今度は私たちの手で緑豊かにしたいと思ったからだ。

「まずは土をほぐして植えやすくしてからですね」

「そういうことなら我々に任せてください」

名乗り出たのはエルフの皆さんだった。彼らも竜国の復興に協力してくれるようになって、一緒に苗木を植えている。

彼らは魔法を得意とする種族。特に古《いにしえ》の魔法や複雑な魔法を得意としていて、魔力のコントロールは私より優れている方も多い。

「この辺り一帯の土壌を植えやすくすればいいんですね？」

「はい」

「では！　いくぞみんな！」

彼らは一斉にしゃがみ込み、手で地面に触れる。

魔法を発動する。それは私が聞いたことがない魔法だった。発動後、地面が僅かに振動して
【コルティベート】」

土が動いているのがわかる。

振動は五秒間ほど継続して消える。

「今の魔法は？」

「畑を耕す時に使う魔法です。地面の表面だけを柔らかくします。農業魔法とでも言うべきでしょうか」

「そんな魔法もあるんですね」

「ええ。我々エルフは魔法が生活の一部でしたからね」

私たちにとって魔法は、何かを作り出したり戦うための力というイメージが強い。生活の一部になっているエルフにとっては、魔法が日々の生活を効率よく送るための手段だった。

考え方が根本から違うのだろう。だからこそ、私が知らない魔法がいくつもある。

「勉強になります」

「いえいえ、レナ殿の類まれなる魔法の力に比べればこの程度大したことはありません」

「そんな。私もまだまだ未熟ですから」

「謙遜なされないでください。我々がこうして協力することを選択したのも、アルマの呼びかけとレナ殿が残された成果が大きい。特にこの新しい世界樹に実る果実」

彼は右手に世界樹の実を持っている。これは最初に植えた苗木が育ち、実ったものを採取したものだ。

この実は普通の木々になるものとは異なり、濃いマナを宿している。マナを持たない者が食べてもなんの影響もないけど、亜人種が食べると一時的にマナを回復することができるんだ。

「これを食べるとマナを回復できるのはありがたい」

「これから遠方へ行く機会も増えると思いますからね」

「ええ。これも魔法によって誕生した可能性の一つ……レナ殿が我々に齎《もたら》した影響は大きいものですよ」

「そうだぞ」

私とエルフさんとの会話に、後ろからリュート君が入ってくる。彼は私と目を合わせると、辺りに広がる光景を見るように視線を誘導する。

「見ろ。この光景は、レナがいてくれたからできたものなんだ」

私の視界には、五つの種族が手を取り合い一つのことに取り組む姿が映っていた。

「そっちから順番に植えていこうぜ」

「ま、待ってください。ちゃんと間隔を空けないと」

「おい。お前もしっかり働くんだ」

「わかってるわよ。あんまり土で汚れるのは好きじゃないんだけどぉ」

ドミナちゃんとアルマ君、プラムさんとシアさんが一緒に作業をしている姿が目に映る。

セイレーンも加わって一層賑やかになった。私が見ていることに気付いて、シアさんがこっちを向く。

軽く微笑み手を振ってくれたから、私もそれに返す。彼女にはあの告白のあと、急いで話をしに行ったんだ。

◇◇◇

「シアさん！」

「あら？　そんなに急いでどうしたの？」

「その……シアさんを捜してました」

全力で走ってきたから呼吸が乱れている。はぁはぁ言いながらシアさんの前でお腹を押さえながら呼吸を整える。

シアさんは私が落ち着くまで黙って待っていてくれた。

「あの！　さっきはありがとうございました」

「さっき？　なんのことかしら？」

「えっと、リュート君のこと……です」

今だからわかる。彼女はあの時、私の背中を押してくれたんだと。彼女が焚きつけてくれたから、私は走り出すことができた。リュート君に聞いたら、シアさんは今日一度も執務室に来ていないらしい。

その後もしばらく二人でいたけど、彼女は執務室には来なかった。

「その様子だと、ちゃんと告白できたみたいね」

「はい。シアさんのおかげです」

「それ言われるとなんだか嫌味に聞こえるわよ」

「ご、ごめんなさい！　でも……シアさんが話してくれなかったら、私は今も気持ちを隠したままだったから」

彼女がリュート君に言い寄っていたのは見てきた。彼女の気持ちを知りながら、感謝の気持ちを伝えるのは失礼だとわかっている。それでも、伝えずにはいられなかった。

人生においての大きな決断、その後押しをしてくれたのは彼女の言葉だったから。

「はぁ、貴女ってお人好しよね。そういうところがあの人を惹きつけたのかしら」

「シアさん？」

「言っとくけど、これは貸しだからね？　今度は私の王子様探しに協力してもらうわ？　貴女のせいで探し直しになっちゃったんだから」

「は、はい！　私でよければ……でも私、男の人の友人とか全然いなくて」

「じゃあこれから作って私に紹介して！　今から私が求める男の条件を教えてあげるわ」

そんな感じで、シアさんとも話をするようになった。彼女の不器用な優しさは、なんとなく双子の姉のライナを思い出す。

◇◇◇

リュート君は私の隣に並んで立つ。いつの間にか、さっきまで話していたエルフさんが作業に戻っていた。彼と目が合うと、小さく会釈をしてくれる。空気を読んで二人にしてくれたみたいだ。

「懐かしい光景だな」

「前にもみんなで木を植えたことがあるの？」

「そうじゃないよ。ただ、みんなが一緒にいる光景が懐かしいと思ってね。レナがいてくれたおかげだよ。本当にありがとう」

「リュート君」

私たちは見つめ合う。感謝の言葉を聞きながら、その瞳にはお互いを思う気持ちが宿っている。感謝しているのは私のほうだ。

彼が私を助けてくれた。ここを私の居場所にしてくれたおかげで今がある。何より、彼が傍にいてくれる。それだけで私は頑張れる。

大好きな彼と共にある。その幸せを噛みしめながら見つめ合っていると……。

「――いつまでイチャイチャしているつもりですか」

「あっ」

「サリエラ」

サリエラちゃんが声をかけてきた。振り向くと、彼女はちょっぴりご機嫌斜めだ。

「まったく。皆さんが働いているんですよ？　お兄様もレナお姉さんもしっかり働いてください」

「すまん」

「ご、ごめんなさい」

「私に謝らないでください。ちゃんと働きますよ」

サリエラちゃんに注意されて、私たちはみんなの作業に合流する。リュート君はプラムさんたちのもとへ。ちょうど新しく修繕に使う木々の伐採もしていたから、力があるリュート君はそちらを手伝うみたいだ。

私は苗木を植える作業に加わる。サリエラちゃんも隣で一緒に作業をする。

「植えたので土をかぶせてください」

「うん」

私たちは苗木を挟んで向かい合い、しばらく無言のまま作業を続けた。なんとなく気まずさを感じてしまう。

そのわけは、私とリュート君が恋仲になったからだ。私たちの関係に進展があったことは彼女も知っている。ただ、ちゃんと私から話したわけじゃなくて、人伝手《ひとづて》に聞いたみたいだ。

リュート君が大好きなサリエラちゃんのことだから、私のことを知ればなにか言ってくると思っていたのに……。

今日まで特に何もなかった。告白したことを聞かれたくらいで、その時も「そうですか」と淡泊な答えが返ってきただけ。

彼女が私たちのことをどう思っているのかわからない。だからこうして一緒にいても、形容しがたい気まずさを感じてしまうんだ。

「あのさ？　サリエラちゃん……ちょっと聞いてもいいかな？」

「なんですか？」

「その……サリエラちゃんはどう思ってるの……かな？　私とリュート君のこと」

このままじゃいけないと思った私は、思い切って尋ねることにした。回りくどい言い方をしても仕方がないから、ストレートに聞いてみる。

彼女はぴたっと作業の手を止めた。数秒の静寂で息が詰まりそうになる。

「サリエラちゃん？」

「最初に言った通りです。お兄様の恋人だなんて私は認めません」

「──っ、そう……だよね」

「ただ、まったく認めてないわけじゃないですよ」

「え？」

落ち込んで下を向きかけた私は慌てて顔をあげる。サリエラちゃんは苗木の根本に土をかけながら続ける。

「レナお姉さんのおかげでお兄様の夢に近づいています。ここまでされたら誰だってレナお姉さんがこの国に必要な人だって認めますよ」

「サリエラちゃん……」

「それに、私が一番に望んでいるのは、お兄様が幸せになってくれることです。お兄様がそれで幸せなら、私はそれでいいです」

「サリエラちゃん……」

この子はどこまでお兄さん思いなのだろう。認めないと言いながら、彼女が考えているのはいつも大好きなリュート君のことだ。

彼のためにできることを探し、少しでも役に立てるように努力する。それは、私が今までしてきたことと同じ。

立場は違っても、私たちの望みは繋がっている。

「ありがとう。サリエラちゃん」

「別に全部認めたわけじゃありませんからね！　あくまで現時点では他よりマシってだけなんですから」

「うん。わかってるよ」

「なっ、なんで嬉しそうな顔してるんですか！　絶対わかってないじゃないですか！」

サリエラちゃんは本当に可愛くて素敵な妹だよ。リュート君が羨ましい……彼と一緒になったら、サリエラちゃんは私の妹にもなるんだよね？

「そうなったら幸せだなぁ」

「ちょっと聞いてますか！　聞いてませんよね！」

◇◇◇

「あはははっ！　サリエラとそんな話をしてたのか」

「うん。やっぱりお兄ちゃん思いのいい子だね」

「そうだな。自慢の妹だよ」

リュート君は嬉しそうに微笑む。

私たちは今、竜国から一番近くにある街に来ていた。目的は街の中ではなくて、その四方を囲んでいる森林にある。

国の周りに植えていく作業と並行しながら、私たちで徐々に苗木を植える範囲を拡張していくことにしたんだ。

手始めに街の周辺を選んだのは、いずれはみんなが街を利用できるようにするため。見た目さえ隠せば亜人種だとバレずに買い物くらいはできる。

私たちに協力してくれたとはいえ、ドワーフのように人間を快く思っていない者もいる。ちょっとでも人間に対する恐怖心や不安を軽減してほしくて、交流の場を設けたいと思っていた。

もちろん、人間側にもいつかは知ってもらえるように。

私たちが物語の中でしか知らない種族たちが、実はひっそりと暮らしていることを。共に世界を作る仲間であることを。

「ゆくゆくは街の中にも植えられたらいいな」

「そうだね。その時は街の人たちに協力してもらえたら嬉しいな」

「だな。まぁその前に説明からだけど……実際どうなんだろうな。俺たちを見て、普通の人ってどう思うんだろ」

人々にとってドラゴンや亜人種は昔話の登場人物でしかない。誰もが、私だってリュート君と出会うまでそう思っていた。

「驚くのは間違いないと思うよ」

「それはそうだろ。不安なのは……怖がられないかってことなんだよ」

「……そうだね」

初めてドラゴンに変身したリュート君を見た時、私はとても驚いた。夜の暗さを呑み込むくらい黒くて、大きくて迫力があった。

私はリュート君と関わっていたから平気だったけど、もし突然目の前にドラゴンが現れたらきっと怖いと思う。

受け入れてくれるかわからない。少なくとも時間はかかりそうだ。

「せめてちゃんと準備してから話したいよな」

「うん。今すぐは難しいよね」

そんな話をしながら私たちは賑わう街を歩いていた。商店街は人が多い。店を巡る人々の流れができている。

普通のことだけど、なんだか妙に慌ただしい。まるで何かから逃げているような……。

「た、大変だ！　街の外に魔物が来てる！」

「えっ」

「魔物だって!?」

緊張が走る。私とリュート君は顔を見合わせて頷き、騒ぎが起こっているほうへ駆け出した。

人々の多くが逃げる中、私たちだけ流れに逆らって進んでいる。たどり着いた街の入り口付近には、大量の魔物が群れを作り迫っていた。

「なんでこんな！　今まで魔物なんて来たことなかったのに！」

「言ってないで逃げるぞ！　街の中まで入ってくる！」

街の周囲は外との境を作るために簡易的な柵がしてある。内外の出入りを防ぐためのものではないため、簡単に突破できる。

すでに魔物の群れは街の中に侵入していた。

「すごい数だな」

「グレアウルフの群れ！　他の魔物もいるよ」

「おかしいな。異なる種類の魔物が一つの群れを作るなんて聞いたことないぞ」

群れを構成する魔物は三種。以前に竜国を襲ったグレアウルフ、巨大な蛾《が》の見た目をした魔物モスキュー。巨人の鬼リードオーガ。

三種の魔物に接点はなく、生息域も異なるとリュート君は教えてくれた。

「って、考えてる場合じゃないな」

「リュート君！　私たちでなんとかしよう！」

「ああ」

逃げ惑う人々の中で、私とリュート君は魔物へと向かっていく。グレアウルフは足が速い。人間の走る速度なんて軽々と超えてくる。加えて空を飛べるモスキューもいる。

魔物がまとまっている今のうちに対処しないと大変なことになる。

「レナは援護を頼む！　それと逃げ遅れている人のサポートと怪我人の手当てを！」

「わかった！　気を付けてね」

「安心しろ！　俺はこの程度の魔物に負けたりしない」

頼もしいセリフを口にして、リュート君は魔物の群れに突撃する。魔物たちも迫るリュート君を標的とした。

彼はグレアウルフより素早く動き、群れの中心に入り込んでグレアウルフを蹴り飛ばす。吹き飛んだ魔物は街の外へ。

人間の姿をしていても彼はドラゴンだ。その力は見た目を裏切り魔物をものともしない。彼の強さに安心して、私は自分の役割を果たすために駆ける。

道の端で倒れている女性を見つけ、急いで駆け寄り治療をする。

「大丈夫ですか？　今治療します！」

「あ、ありがとう。貴女たちは一体……」

「えっと、旅人みたいなものです。魔物は彼に任せておけば大丈夫ですから。怪我が治ったら街の奥へ逃げてください」

「わかりました。ああ……痛みが引いていきます」

彼女は足首を捻《ひね》っていた。赤みもあって腫れていたけど、私の治癒魔法で回復していく。腫れは引き、赤みもなくなった。

「これでもう大丈夫です」

「ありがとうございます。何とお礼を言っていいか」

「いいえ、とにかく今は逃げてください」

「はい！」

治療を終えてリュート君のほうを確認する。順調に魔物の数を減らしていた。これなら被害を最小限にして切り抜けられそうだ。

すでに壊れてしまった建物は修繕しないといけないけど、命を守ることを最優先しよう。

私は次の負傷者を見つけて近寄る。今度はお爺さんだった。

「お、お嬢さん肩を貸してくれんか？　腰をやってしまったようなんじゃ」

「大丈夫です。すぐに立てるようになりますから」

腰に手を当てて治癒魔法を発動させる。その後で走って逃げられるように、一時的な強化も施しておこう。

「お、おお、身体が軽くなったぞ」

「一時的ですがこれで走れます。皆さんのところまで逃げてください」

「助かった。お嬢ちゃんがいてくれてよかったよ」

感謝の言葉が心地いい。少しだけ聖女だった頃のことを思い出す。あの頃も誰かに感謝される瞬間は嬉しかった。

聖女でなくなった今も、あの時の気持ちは変わらないな。

「しかしどういうことなんじゃ。ここに六十年住んでおるが魔物が来たことなんてなかったぞ。お嬢さんらがいなかったらどうなっていたか……戦ってくれてる兄さんにも礼を言わんとな」

「伝えておきます」

お爺さんはお辞儀をして去っていく。私は次の負傷者を探して駆け回った。助けた人たちが口を揃えて言う。

こんなことは今まで一度もなかった……と。

今考えるべきではないと理解しながら、どうしても気になってしまう。魔物の群れの構成も明らかに不自然だった。

まず間違いなく、魔物が攻め込んできたことには理由がある。魔物たちにどんな変化が起こったのか。もしくは何かを求めて来たのか。

「そういえば、街にも突然魔物が攻めてきたよね……」

あの一件以来、何度か襲撃を受けている。その度にプラムさんたちが戦ってくれていた。さすがに大変だからと、結界に魔物の侵入を防ぐ効果を加えたことで落ち着いている。

私が国に来た頃は一度もなかった。リュート君から聞いた話では、昔は魔物が来ることはあったけど、最近はめっきり来なくなっていたらしい。

「昔は……最近……」

過去と現在、そこには大きな違いがある。それは、世界樹が働いていた頃と、寿命を迎えた後だということ。

「まさか……」

魔物は動物とは違う。亜人種ほどの量は必要ないだけでマナを喰《く》らって生きている。彼らにとってもマナは身体を構成する重要な要素なんだ。

つまり、彼らもマナを求めていた。世界樹がなくなり、世界からマナが枯渇したことで弱体化していた魔物たちが、世界樹の復活によって活力を取り戻した。

この街に突然魔物が攻め込んできたのも世界樹……私たちが新しく植えた苗木が原因なんじゃないか……。

「私たちの……せい？」

その可能性にたどり着き、思わず立ち止まる。もしそうだとしたら……私たちはなんてことをしてしまったんだ。

考えなかったわけじゃない。私たちの行いが世界によくない影響を与える可能性だってあると。だからってこんなの……。

「お母さん！」

「逃げなさい！　私のことはいいから！」

思考でいっぱいになっていた私の頭に、母親と子供の声が響く。視線の先には倒壊した家と、がれきに埋もれる母親がいた。子供が母親を助けようとしている。

私は慌てて二人のもとに駆け寄った。

「がれきを退かします！　じっとしていてください！」

母親を助けないと。その思いで魔法を行使しがれきを退ける。

頭の中は未だにごちゃごちゃしていた。自分たちのせいでこの事態を招いたのかもしれない。その不安が頭から離れない。

「傷も治療します。治ったらお子さんを連れて逃げてください」

「ありがとうございます」

「お母さん！　よかったよぉ」

母親をがれきから救い出し、治癒魔法で治療を施す。幸いそこまで深い傷ではなかったからすぐ元気になった。

二人は頭を下げてその場から逃げていく。私は二人を見送ってその場で立ち尽くす。

「はぁ……」

今のが最後だったはずだ。これで私の役目は終わった。あとはリュート君が魔物を倒すのを待つ……ううん、手伝わないと。

考えてばかりじゃ駄目だ。もし本当に私たちのせいなら、一刻も早く解決しないと。

そう思って私はリュート君のほうへ振り向く。だけど……。

「え？」

振り向いて見えたのは、リードオーガが目の前で拳を振り下ろそうとする姿だった。

「レナ！」

なんて迂闊《うかつ》だったのだろう。今になって気付く。母親を助けた場所は魔物たちとリュート君が戦っている場所のすぐ横だった。

魔物が近くにいるのにも気付かず、気を抜いてしまっていた。すでにリードオーガは拳を振り下ろす寸前。私は咄嗟のことで魔法の発動も間に合わない。

リュート君との距離も離れている。ドラゴンの姿ならともかく、いかな彼の足でも間に合わない距離とタイミングだった。

この時の私は、死を覚悟した。

「させない！」

諦めかけた時、リュート君の声が響く。

瞬間、リードオーガが動きを止める。自身を覆うようにできた影と、その形を目の当たりにして振り返る。

「リュート……君……」

「レナに手は出させない！」

彼はドラゴンの姿に変身していた。翼を広げ、鋭い眼差しでリードオーガに殺気を放つ。

リードオーガは思わず怯《ひる》み、リュート君はその隙をついてリードオーガを叩き飛ばす。

続けて残りの魔物たちを翼で吹き飛ばし、ついに魔物の群れを撃退した。

「大丈夫か？　レナ」

「う、うん。私は平気……で、でもリュート君！　こんなところで変身したら！」

巨大なドラゴンの姿は街の中で特に目立つ。魔物の群れを蹴散らした光景を見ていた、隠れていた街の人たちがちらほらと顔を出す。

「ドラゴンだ……」

「ほ、本物？」

「黒い……あそこだけ夜みたいに……」

「お母さん怖いよ」

「だ、大丈夫よ。わ、私たちを守ってくれてた……から」

この日、彼らは目撃した。

幻想の住人、物語の中に登場するだけだった存在が、現実にいることを。漆黒のドラゴンが人と共にある光景を。

私の不注意がきっかけとなり、リュート君は本来の姿をさらした。しっかり準備をしてから世間に伝えたい。彼が言っていたことを、私が無理にしてしまった。

意図せず起こった事件によって、私たちの日々は大きな転機を迎えることになった。もはや後戻りはできない。

この衝撃は、一瞬にして世界中を駆け抜ける。

第八章　私たちの竜国

古き物語に登場する伝説。遠い遠い昔話は人々の中で幻想となっていた。人間とは異なる種族たちの国があることも、本の中だけで語られるお話だと思っていた。

多くの人がそうだった。誰も本気で信じていた者はいないだろう。

この世界にはドラゴンが治める国があったことを。

そして現代。人々は知ってしまった。夢物語ではない。彼らは実在する。

人々は見た。黒き翼を広げた偉大なる存在をその目で。

「ドラゴンだ！　ドラゴンがいたってよ！」

「それ本当なの？」

「ああ、間違いないぞ！　俺はその場にいたんだ！　目の前に黒いドラゴンが現れたんだ！

人間の女と一緒だった」

「人と？　どういうことなの？」

王都から離れた街で起きた出来事は、数日を待たずして世界中に広まっていた。それほど衝撃的な出来事だったのだ。

ドラゴンの実在は、人々にとって未知なるものへの期待を高ぶらせる。しかし同時に、こんな声も聞こえてくる。

「な、なぁ……ドラゴンって味方なのか？」

「そんなのわからないわよ。だってドラゴンよ？　人間なんて簡単に食べられちゃうんじゃ」

「だ、大丈夫なのか？　王国がなんとかしてくれるんだよな？」

「なんとか……できるのかしら。聖女様のお力ならもしかすると……」

ドラゴンが敵か味方か。善なる存在か悪の化身か。彼らはドラゴンを物語の中でしか知らない。故に測りかねている。

ドラゴンの存在が、自分たちの生活にどのような影響を与えるのか。ドラゴンとどう接していけばいいのか。

不安はいずれ恐怖へ、敵意へと変わるだろう。そう遠くないうちに、彼らはこう思い始めるに違いない。


——襲われる前に、ドラゴンを倒すべきなんじゃないか。

共存の道からもっとも遠い考え方。そこにたどり着いてしまうまで……時間はあまり残されていなかった。

◇◇◇

月明かりに照らされた世界樹。屋敷の一室に私たちは集まっていた。そこへプラムさんが扉を開けて入ってくる。

リュート君がプラムさんに尋ねる。

「戻ったか。街の様子はどうだった？」

「予想していた通りだ。どこもかしこもお前の話題で持ちきりだぞ」

「だよなぁ……」

リュート君は苦笑いをする。プラムさんには街の様子を確認しに行ってもらった。吸血鬼は闇に潜むのが上手い。こっそり人の中に紛れて様子を窺《うかが》うのは得意だという。

私たちが魔物と戦った街だけではなく、その周囲の街の様子も確認してもらったが、どこも似たような状況だったそうだ。

「おそらくだが、王都にも伝わっているはずだ」

「王都……王国がどう動くか。幸いここの場所は見つかってないみたいだけど」

「いずれは知られることになるだろうな。王国が動くのであれば、早ければ数日中にも」

その場の全員が頭を抱えて考え込む。

「……ごめんなさい」

「レナ」

「私が油断したから……リュート君に守られて」

「気にするなって言っただろ？　お前は何も悪くないんだ」

リュート君は優しく私の肩に触れ、安心させるように微笑みかけてくれた。彼の存在は私の心を安らかにする。だけど今は余計に申し訳なく感じてしまう。

「でも、私が油断したせいでこうなったんだよ」

「……レナはあの親子を助けるために前へ出たんだ。お前がそうしていなければ、親子は助けられなかった。お前は二人を助けたんだ。もっと胸を張れ」

「そうだぜレナ！　つか気にすんなよ。どうせそのうちバレてたことなんだし！　それにさ、リュートが人の姿のままでも間に合えばそれでよかったわけだろ？　ってことはリュートの修行不足もあるってことじゃない？」

「あはははっ、それもあるな。俺も精進しないと」

「それは違うよ！　リュート君は強くて、あの時だって本当は変身しなくても！」

魔物相手に彼は余裕の戦闘を繰り広げていた。私がへまをしなければ、あのまま順調に魔物の討伐を終えていたはずだ。

やっぱり、私が油断してしまったことが原因なんだ。

「もう！　いつまでうじうじしているんですか！」

「サリエラちゃん……」

「しゃきっとしてください！　お兄様は気にしなくていいと言ったんだからいいんです！　あまり落ち込んでると嫌いになりますよ！」

「それは……嫌だなぁ」

嫌われたりしたらもっと落ち込んで、今度こそ立ち直れない気がする。そうはなりたくないから、無理にでも元気を見せられたらよかったけど。

今はそれすら難しい。私のせいでリュート君に迷惑をかけた。そのショックも大きいけど、もう一つ大きな不安がある。

この話はまだ誰にもしていない。リュート君は気付いているだろうか。本当はもっと早く伝えるべきだったけど、慌ただしくてそのタイミングを失っていた。

この場には竜国に協力してくれている全ての種族が集まっている。私が気付いたことは、この国の未来に大きく関わる問題だ。今ここで伝えないといけない。たとえそれで、みんなから批難されることになっても。

「リュート君、街に魔物が押し寄せてきた原因って何かわかる？」

「ん？　いや、気になってはいたんだが。もしかしてレナは知ってるのか？」

「うん……」

どうやら気付いているのは私だけみたいだ。私は気持ちを整えるために深呼吸をして、喉に引っかかりそうな言葉を口に出す。

「あれ、私たちのせいなんだ」

「え、どういうことだ？」

「世界樹だよ。魔物はマナを栄養にしてるんでしょ？　世界樹の復活で影響を受けるのは亜人種だけじゃない。魔物もだったんだ」

マナの枯渇に苦しめられていたのは魔物も同じだった。近年、魔物の出現率が減少傾向にあったと王国にいた頃に聞いたことがある。あれは世界樹が寿命を迎え、世界のマナが急激に減少した影響だろう。

だけど、私たちが……ううん、私が世界樹を復活させた。その影響で魔物たちも活力を取り戻し、より濃いマナを求めて動き出した。

「そんな……本当なのか？」

「それ以外に考えられないんだよ。あの街に魔物が来たことなんて一度もなかったって話を聞いた。魔物の集まり方も不自然だったでしょ？」

「確かにそうだな。異なる種類の魔物が一つの群れを作っていた。あれは求める物が同じだったからで、偶然か」

「だと思う。三つの群れが街に来たタイミングが同じだったんじゃないかな」

おそらくは最初から群れを作って行動していたわけじゃないと思う。あくまで偶然、目指す方角が同じだったんだ。彼らが向かっていたのは世界樹がある竜国だ。その道中でマナが濃い場所を見つけて押し寄せたのだと思う。

以前にグレアウルフが竜国に攻め込んできた理由も、マナの濃度が濃くなったことが影響しているに違いない。

もし、このまま世界中にマナが満ちればどうなるか。

みんなにとっては過ごしやすい世界になる。と同時に、魔物たちにとっても同じ結果を生んでしまう。魔物が活発になるほど危険も増える。

あの街で起こったような出来事が世界中で見られるようになる。

「みんなの生活が少しでもよくなれば嬉しい。そのために新しい世界樹も作って……けど、そのせいで関係ない人たちが危険な目に遭うなんて間違ってる」

「レナ……」

「私……自分がやってることは正しいって思ってた。みんなが幸せになってくれるなら、いいことだって思ってた。今でも、みんなに幸せになってほしい……のに、わからなくなっちゃった。私がやってることって、正しいのかな？　間違ってるのかな？」

「それは……」

私の問いはリュート君を困らせた。わかっている。そんなこと簡単には答えられないことくらい。今の話を聞いて、優しい彼が心を痛めないはずがない。

きっと私と同じように悩む。それをわかっていながら私は問いかけた。不安で仕方がなくて、彼の優しさに縋《すが》るように。

本当に情けない。それでも、私は答えがほしかった。進むべき道を示してほしかった。そうじゃないと、もう一歩も動けない気がして。

そんな弱気なことを考えている時だった。

「リュート様！」

吸血鬼の男性が慌てて私たちのいる部屋に入ってきた。全員の視線が彼に集まる。最初に反応したのはプラムさんだった。

「ノックもなしに入ってくるなど無礼だぞ」

「も、申し訳ありません。ですが至急お伝えしたいことがございまして」

「何があった？」

「結界内に何者かが侵入しました」

その場の全員に衝撃が走る。このタイミングでの侵入者。まず間違いなく、街で起こした騒ぎが原因だろう。

魔物避けの効果を持つ結界だから、侵入できるのは魔物以外。まだ会ったことのない他種族か、それとも……。

「侵入者だと？　一体どこの誰だ？　まさか王国の軍勢ではないだろうな？」

「いえ、それが人間であることは間違いなさそうなのですが……少数でして、うち一人の女性がどうにも……」

そう言いながら、彼は私に視線を向ける。この時、私は直感を得た。彼は続けてこう言う。

その女性が、私と瓜二つだと。

「ライナ？」

私たちは急いで屋敷の外へ駆け出し、侵入者がいるという結界の縁へと向かった。人数はたったの二人だけ。位の高そうな男性と、私によく似た女性。

結界の外には彼らと共に来たであろう人間の一団が待機しているらしい。ここまで聞けば予想ではなく確信に変わる。

そして——

「ライナ」

「久しぶりね。レナ」

私たち双子の姉妹は数か月ぶりに再会した。思った通り、彼女の隣にはフレイセス殿下の姿もある。

「どうして……ここに？」

「決まってるじゃない。貴女を捜しに来たのよ」

「私を……？」

「そうよ」

彼女は頷き、私と共にいるリュート君や他のみんなに視線を向けた。順番に確認するように、そのまま最後には世界樹を見ながら言う。

「竜が治める国……あの昔話は本物だったのね」

「えっと……うん」

「これが貴女のやりたいことだったのね」

「……うん」

彼女と最後に交わした言葉を思い返す。王国に残ってほしいというお願いを私は断った。私にはやりたいことがあるから。

いつかみんなに、世界に自慢できるくらい大きなことをする。その夢が叶ったら、また会って話ができたらいいと思っていた。

なのに……お互い不本意な形で再会することになるとは、その時には思っていなかった。

「随分と元気がないわね。自慢してくれるんじゃなかったの？」

「……」

「とってもすごいことをしてるんでしょ？　誰もが驚くくらいだって、あの時の貴女は……少なくとも今みたいに暗い顔はしていなかったわ」

「それは……」

あの時は希望と期待に満ちていた。ついこの間までも……だけど今は、自分が進むべき道を迷っている。

私が今日までしてきたことを、ライナに誇らしく語っていいのかわからない。だから私は俯いてしまった。

「何に悩んでいるのか話しなさい。相談に乗ってあげるから」

「え、で、でも……」

これは竜国の、私たちの問題だ。王国の人間であるライナに相談していいことじゃ……。

「いいから！」

尻込みする私の肩を、彼女はガシッと摑んで顔を近づける。

「話しなさい！　私たちがなんのためにここまで来たのかわからない？」

「ライナ……」

ちょっとだけ懐かしい感覚を思い出した。ライナの言うことは絶対で、逆らえなかったあの頃……今はこの感覚すら心強い。

私はリュート君に視線を向ける。話してもいいのかという確認を視線でする。リュート君は優しく微笑んで頷いた。

彼もいいと言ってくれている。だから私はライナに打ち明けた。私がこれまでしてきたこと、これからやろうとしていること。それが正しいのかどうか悩んでいることを。

ライナはとても真剣に、私から視線を逸らさずに聞いてくれた。そして……。

「大体の事情はわかったわ。何に悩んでるのかもね」

「ライナ……私、どうすればいいのかな？」

「私に聞いても無駄よ」

「え？」

相談に乗ってくれるんじゃないの？

私は縋る思いで彼女に聞いたのに、返ってきたのは素っ気ない言葉だった。

「ねぇレナ、もし私がこうすればいいと言ったらどうするつもりだったの？」

「それは……それが正しいならそうしたほうが」

「そうやって誰かに決めてもらわないと動けないの？　大事なのはそこじゃないわ。貴女がどうしたいのかよ」

「私が……」

ライナは続けて問いかけてくる。

「貴女のやりたいことはもう諦めるの？　その程度のことだったの？」

そんなことない。私は本気で、全力で竜国の再建に取り組んできた。思い付きや惰性でここまでやってきたわけじゃない。

リュート君に支えられて、みんなと出会って、毎日が楽しくて。こんな日々が続いてほしくて頑張ったんだ。

私がどうしたいのか。その答えは決まっている。

「私は……諦めたくない！　リュート君と、みんなと一緒に頑張ってきたことを無駄にしたくない」

こんなところで終わりなんて絶対に嫌だ。

「でも、私のせいで誰かが不幸になってほしくない」

願わくは、この世界の全ての人々が幸せであってほしい。王国で暮らす人間も、竜国で暮らす様々な種族も。みんなが笑って過ごせる世界にしたい。

それが私の願いだ。きっと、彼も同じことを思っているはずだから。

「……だったら、私を巻き込みなさい！」

「ライナ……」

「諦めたくないんでしょ？　落ち込んでたって何も解決しないわ！　自分で解決できないなら他人を頼りなさい！　他人に頼むのが後ろめたいなら私に頼めばいいのよ！　私たちは姉妹でしょ！」

「ライナ……ライナ……」

思わず涙がこぼれてしまう。感情が溢れ出て、もう止めることはできなかった。

「どうせ一人でいろいろ抱え込んで我慢してたんでしょ？　貴女は昔からそういうところがあったわ。まぁ、ほとんど私のせいだけどね」

「う、うぅ……」

「成長してないわね。散々私に利用されてきたのよ？　こんな時くらい、逆に私を利用してやろうって思ってもいいのに。優しすぎるわよ、レナは」

私はライナの胸で泣いた。声をあげるくらい、みっともなく子供のように。張りつめていた糸が切れたように、私は弱さをさらけ出した。

◇◇◇

私たちは屋敷に場所を移し、ライナとフレイセス殿下と向かい合って座る。ロドムさんが紅茶をテーブルに置き終わったところで、リュート君が二人に尋ねる。

「ところで、どうやってここを突き止めたんだ？　いつかはバレると思っていたけど、さすがに早かった」

「街でドラゴンが確認されたという話を聞いて、僕とライナはすぐにピンと来たんだ。それがレナと君たちだってね？　誰よりも早く気付けた僕たちは独自に捜索を始め、あの街を中心に、君たちがいそうな場所の予想を立てた。その後は彼女の感覚を頼ったんだ」

「彼女？　レナのお姉さんの……」

「ライナよ。貴方とはちゃんと話したことなかったわね、ドラゴンの王子様？　レナがお世話になっているわ」

「ああ、いや、世話になっているのはどちらかというと俺たちのほうだ。彼女のおかげで、ここも賑やかになった」

「そう」

なんだかライナは嬉しそうな顔をした。彼女は紅茶を一口飲みカップを置く。その後でリュート君が改めて尋ねる。

「それで、感覚っていうのは？」

「私にはなんとなくわかるのよ。レナがどこにいるのか」

「そうなのか？　聖女の力ってやつか」

「違うわ。そういう特別な力じゃなくて、なんて言うのかしら。双子だから、としか言えないわね。レナだって同じ感覚はあったでしょ？」

ライナが私に話を振った。散々泣いてスッキリしたおかげで、今は落ち着いて話ができる。泣きすぎてちょっとまだ目の周りが痛いけどね。

「うん。なんとなく、王都にいた頃はあったよ」

「そういうものなのか。不思議だな」

「そうね。でもレナは私が近くにいることに気付いてなかったみたいだし、それだけ追い詰められているって察したわ」

「あ、うん……ごめんなさい」

実際その通りだった。何もわからなくなって悩んで、他に何も考えられなくなっていた。普段の私なら、もしかすると気付けたかもしれない。

「ねぇライナ。さっきの話だけど……本当なの？」

「ここまで来て嘘をつくと思う？　双子なんだから、私の考えてることもなんとなくわかるでしょ？　レナがやってることに私も協力するわ」

「ライナ……」

「彼女だけじゃないぞ？　僕も、いやアーストロイ王国も支援しよう」

私とライナの会話に入ってきたのはフレイセス殿下だった。彼はアーストロイ王国の第一王子であり、次期国王になるお方。本来なら護衛もつけず、こんな場所に来るような人じゃない。

その彼が、国の名前を出して支援すると言った。

私とリュート君は驚いてお互いの顔を見合わせ、殿下に問いかける。

「王国と言ったのか？」

「ああ。実は君たちのことは王族と一部の貴族には伝わっているんだ。ライナとレナの件で説明が必要でね。もちろん、その時には君がドラゴンの末裔だとは知らなかったのだけど」

「それはそうだろう。ずっと隠してたんだからな」

「ははっ、それが今回、世界に露見してしまった。事情はすでに聞いている。先にこちらの状況を話しておこう」

そう言い彼は王国内での人々の反応を教えてくれた。街で起こった出来事は一瞬にして世界中に広がり、王都まで届いている。

どこもドラゴンが実在したという話題で持ちきりだった。もっとも人口の多い王都では、この事実について王国がどう対応するか説明を求められている。

「今のところは調査、警戒中ということで止めている。だけどそう長くはもたない。彼らの中には不安を口にする者も少なくない」

「不安……か。まぁ仕方がないよな」

ドラゴンが突然現れたら混乱すると同時に恐ろしいと感じてしまう。リュート君もわかっていて、殿下の話を申し訳なさそうに聞いていた。

「我々としてもこの混乱を収めたいと思っている。これからとれる手段は大きく二つ。敵対か、共存か……そのどちらかしかない」

「……敵対は、できればしてほしくないな」

「ああ。僕も同じ考えだった。というより、僕の父、現国王と貴族たちの意見も共存すべきだということでまとまっているんだよ」

「そうなのか？」

フレイセス殿下は頷く。意外なことに、敵対すべきだという意見は出なかったらしい。殿下は続けて語る。

「魔物を一瞬で退けたという話を聞いて、敵対すべきじゃないと判断した。それから、彼女が共にいるという影響も大きかった」

「彼女？」

殿下はリュート君から視線を逸らし、私に向ける。

「私、ですか？」

「そうだ。君はこれまで、聖女として王国の人々を支えてきた。国を出た後ですら、国の窮地に力を貸してくれた。そのことを父も深く感謝している。もちろん僕やライナもね」

私はライナと視線を合わせる。彼女は軽く頷いた。

「そんな君が共にあるのなら、ドラゴンが悪である可能性は低い。そもそも街での出来事も、君たちのおかげで魔物を退けることができたんだ」

「それはそうですけど……あれは私たちがしていることが原因で……」

「そういう話だったね。君たちが悩んでいるのもまさにそこだろう？」

「ああ。世界にマナが満ちれば、魔物の活性も高まる。そうなったらとても俺たちだけじゃ対処できない」

「なら、その分は街の警備を強化しよう。王都から騎士を派遣して魔物の活性化に備える。並行して街や主要な設備には魔物避けの結界を設置する。そうすれば、先日のようなことが起こる心配はなくなるはずだ」

殿下はさらに提案を続けた。街の安全確保が終わったら、外出時の安全確保も進める。街道の整備と見回りの強化。並びに個人向けの結界魔導具を量産できないか検討すると。

「そこまでしてくれるのか？　王国が俺たちのために？」

「する価値があると僕たちは思っているよ。半分は、レナや君たちがしてくれたことへの御礼《おれい》でもある。もう半分は、未来への投資だ。もし今後、王国や人々に何かあった際は、君たちにも協力してもらえるように……ね」

「なるほど。それはもちろんだ。俺たちにできることなら協力する」

「それじゃ」

殿下はリュート君に握手を求めてきた。この手を取れば、私たちは協力関係になる。友好を示すための握手だ。

「この国の代表としては賛成だ。ただ、その前にレナの意見を聞きたいな。この国でもっとも偉大な魔法使いの意見を」

「え、あ、えっと……」

周囲から注目される。みんなが私の答えを待っている。そんな中、私はライナと目が合った。

「自分で決めなさい」

「……うん」

私がやりたいことは決まっている。

「私もリュート君と同じだよ」

「そうか。なら決まりだな」

ようやく、リュート君は殿下と握手を交わした。この瞬間、世界的……歴史的に初のことが起こった。

人間とドラゴン、亜人種が共に生きる世界。それは竜国が栄えた遠い昔にすら実現できなかったことだ。

「さて、さっそくで申し訳ないんだが、君とレナにはやってもらいたいことがあるんだ」

「私たちに？」

「なにをすればいいんだ？」

「この国の存在を正式に宣言するんだ。僕たちアーストロイ王国の人々の前で」

◇◇◇

アーストロイ王国、王都。国王が住まう王城に、私とリュート君は招かれていた。

「なんだか緊張してきたよ」

「これだけ大勢の人の前に出る機会なんてないからな。緊張して当然だろ」

「そういうリュート君は普段通りだね」

「そう見えるだけだ。これでも緊張してるよ。なにせ――」

控室の窓から見える景色には、王都中の人々が今か今かと待ちわびて王城周囲に集まっている様子が見えた。

リュート君は笑みを浮かべて言う。

「俺たちの国を世界にアピールする場だからな」

「うん」

ライナとフレイセス殿下が竜国にやってきてから三日後の現在。私とリュート君は王国の人々の前で竜国の存在を正式に宣言する機会を貰った。

殿下曰く、人々の混乱の中には、ドラゴンがどこで何をしているのかわからないという不安もあるのだろうと。ならばいっそ竜国の場所や私たちの望む未来を共有すれば、その不安も解消されるかもしれない。

私たちが共存を望み、王国がそれを支援すると大々的に宣言することで、この混乱を収めることが狙いだった。

時計で時間を確認する。そろそろ約束の時だ。

控室の扉がノックされ、外からフレイセス殿下の声が聞こえる。

「二人とも、時間だよ」

「レナ」

「うん、行こう」

私は覚悟を決めてリュート君と一緒に控室を出る。向かった先は王城のバルコニー。普段は王族が国民に向けて演説をするための場所。

この場所に王族以外で立つことを許されたのは、今まで聖女だけだった。そこに、元聖女で今は魔法使いの私と、竜国の王子様……もとい、国王のリュート君が立つことになる。

バルコニーの手前まで進むと、そこにはライナの姿があった。

「ライナ」

「来たわね。覚悟はいい？」

「う、うん」

「そう。じゃあ先に私と殿下が話をするわ。二人の紹介をしたら前に出てもらうから、それまでに心の準備をしておくこと」

ライナには私がビクビクしていることが筒抜けだった。せめてみんなの前に出る時は堂々としていないと。

「レナ」

「ライナ？」

「見ていなさい」

そう言い残し、彼女はフレイセス殿下と共にバルコニーへと出た。二人が顔を出した途端、ざわついていた王都が静かになる。

バルコニーの様子は王都だけでなく、魔導具を使って世界各地の街にも映像として届くようになっている。ここにいる人々以外、この世界に暮らすほぼ全ての人たちが見ている。

数えきれないほどの視線が二人に集中している。にもかかわらず、二人ともすごく落ち着いていた。

「すごいな。あんなに堂々と」

「……うん」

私たちも二人を見習わないといけない。そんな会話をしたところで、フレイセス殿下が話を始める。

「国民の皆さん、今日は集まって頂き感謝します。私はフレイセス・アーストロイ。隣は我が国の聖女ライナ」

紹介を受けて、ライナがお淑《しと》やかにお辞儀をする。

「本日は皆さんに聞いてもらいたい話があります。先日、ドラゴンがこの国に現れたという噂《うわさ》が流れていると思います。あれは事実であり、我々は当人たちと接触することができました」

静かだった王都がざわつき出す。距離もあって人々の声は聞こえない。ただ想像することはできる。本当なのか。どんな話がされたのか。彼らはどこで何をしていたんだ。多くの疑問を口にしているはずだ。

「先にお伝えします。我々アーストロイ王国は、彼らの国と共存を望んでいます。そして彼らも同じく、我々との共存を望んでいます。今日はそのことを皆さんにお伝えし、彼らを紹介するための場を設けさせていただきました。さっそく紹介したいのですが、その前に彼女から」

「国民の皆さま、私は聖女ライナです。お二人を紹介する前に、私は皆さまに謝罪しなければいけないことがあります」

それは予定とは異なるセリフだった。本来の予定では、ライナが聖女の立場から、私たちが敵ではないことを伝えることになっていた。

そのセリフの中に謝罪なんて言葉は入っていない。フレイセス殿下も僅かに動揺したように見える。しかし国民の前だから毅然《きぜん》とした態度を保っていた。

「私には双子の妹がいます。名前はレナ。彼女は優れた魔法使いでした」

「ライナ？」

どういうつもりなのか、話し始めたのは私のことだった。そして、彼女は告白する。

「私は彼女に、聖女の役割を押し付けていたことがあります」

「——!?」

私とリュート君は揃って同じ反応をする。フレイセス殿下は今は動じていない。まるで彼女がその話をすることに納得したかのように、隣で見守っている。

王都では今までとは異なるざわめきが起こっていた。

「私は聖女の役割から逃げ、その責任を彼女に押し付けていた。皆さまを騙していたのはレナではなくて私のほうです。そして、そんな私が今も聖女としていられるのも、レナのおかげです」

「ライナ……」

「皆さまも記憶に新しいでしょう。王都を襲った病……あの時も、レナが私たちに手を貸してくれました。彼女がいなければ多くの犠牲が出ていたでしょう。この国を、皆さまを救ったのは紛れもなく彼女です」

ライナは続ける。自らの罪と未熟さを胸に秘め、その全てをさらけ出す。ライナの性格はよく知っている。双子だから、彼女が考えていることもわかる。私に聖女を押し付けていた頃の彼女なら、絶対にこんなことをしなかっただろう。

私が知らないうちにライナは変わった。今のほうが昔よりも、ずっと聖女らしく見える。

「一時ではありますが、この国を支えていたのは聖女ではなく、魔法使いのレナでした。そんな彼女が今、古き国を建て直すために手を尽くしています。その国こそ、昔話に登場する竜の国なのです」

ライナは話し終わると小さくため息をこぼし呼吸を整える。そのままゆっくりと振り返り、私に向かって囁く。

「お膳立てはここまでよ。あとは貴女の口からみんなに伝えなさい」

「……うん。ありがとう、ライナ」

「お礼はいいわ。これくらいして当然よ。私はレナのお姉さんだから」

そう言って笑い、正面に向き直る。

「これから紹介するのは、私の妹でこの国を支えてきた魔法使いレナ！　そして、彼女が支える竜国の王、リュート・ドラゴニカです！」

紹介を受けた私たちは、ゆっくりとライナとフレイセス殿下の隣まで歩く。次第に視界が開けて、遠くから見ている人々の視線を一気に感じる。

「どうか聞いてください。彼らの思いを、願いを」

最後に一言だけ残して、二人とも私たちの後ろに下がっていく。この後は予定通り、私とリュート君が挨拶をする。

人々の熱烈な視線を全身に浴びて、身体がどんどん熱くなっていく。こうして立っているだけでも汗をかきそうなくらいに。

そんな時、リュート君が私の手を握ってくれた。

「行くよ、レナ」

「うん」

彼が隣にいる。それだけで勇気が湧いてくる。

「アーストロイ王国の皆さん！　俺はリュート・ドラゴニカ。竜国ドラゴニカの代表です！

彼女は竜国の魔法使い――」

「レナです！」

できるだけ大きな声で、自分の心を奮い立たせるように名前を叫んだ。それからリュート君が続きを話す。

「こんな見た目をしていますが、俺はドラゴンです」

人々のざわめきが増す。

「と言っても、半分は人間です。俺の母親はドラゴンでした。父は人間で、俺は二人の間に生まれた……いわゆるドラゴンハーフです」

リュート君は語る。父と母が通じ合っていたことを。父親が先に亡くなり、その後一人で国を支えていた母親もいなくなり、国が崩壊してしまったことも。

「ちょうど百年くらい前の話です。つい最近まで、ドラゴニカには俺を含めて三人しかいませんでした。そこにレナが加わってくれて、俺たちは竜国の再建に乗り出したんです。まだまだ走り出したばかりですが、少しずつかつての賑わいを取り戻していますⅰ」

戻ってきてくれた種族たち。エルフ、ドワーフ、吸血鬼、セイレーン。彼らのことも話すことで、世界にはドラゴン以外の種族も存在する事実を伝える。

「多くの種族が共存する国、それがドラゴニカです。そして俺たちは、皆さんとも共に生きていきたいと思っています」

ここからが本題。私たちが敵ではなく、共にこの世界で生きる存在だと知ってもらう。物語の登場人物ではなく、現実の隣人だと思ってもらえるように。

「俺たちと皆さんではいろいろと違います。見た目も、習慣も、生きる時間も大きく異なる。それでも通じ合えると信じています。なぜなら、俺が生まれたことがその証拠だからです」

彼の父親は人間だった。つまりそれは、人間とドラゴンが共に生き、通じ合ったことを示している。共存できない間柄なら、リュート君は生まれてこなかった。

彼は自らの存在を証拠として、人々に語り掛ける。

「不安はあると思います。俺たちのことを怖いと思われても仕方ありません。でも、俺たちは敵じゃない！　仲良くしていきたいと本気で思っていることを知ってほしい」

「私もそう思っています！」

リュート君の話に合わせるように、私は話し始める。緊張はいつのまにか薄れていた。彼の本気の思いを隣で感じたことで、自分も頑張らなきゃと思えたからかな。

私は声を大にして叫ぶ。

「私は今日まで、彼や亜人種の皆さんと一緒にいました！　確かに彼らは私たち人間とは違います。でも根本は同じなんです。みんな幸せを望んでる。自分の、大切な誰かの！　そんな彼らにも幸せになってほしくて、私は協力しました」

その結果、人々には迷惑をかけることになってしまった。謝罪したい気持ちもあるけど、ライナとフレイセス殿下が支援してくれると約束してくれたし、私も全力で協力する。

少しでも人々の不安が取り除けるように頑張るつもりだ。だから今は、謝罪よりも大切な思いを伝えたい。

ちょっと恥ずかしくはある。だけど、この気持ちが一番、みんなに伝わりやすいと思うから。

私は大きく息を吸って――

「私はリュート君のことが大好きです！」

彼への思いを叫んだ。

これにはリュート君も目を丸くする。事前に考えていた話とは違う。ライナと同じように、アドリブで話している。

本当はこの話をするつもりはなかった。ライナの告白を聞いてしまったから、私も全部を見せなきゃって思ってしまったんだ。

さすがに恥ずかしくて顔が熱くなる。それでも一度口にしてしまった以上、もう後戻りはできない。私はただ全力で、この気持ちをみんなに伝える。

「彼は一人になった私に居場所をくれました！　そんな彼に恩返しがしたくて、彼の夢を手伝っていたんです。そしたら、彼を好きなことに気が付きました。本当はずっと前から好きだったのに、気付いていなかったんです」

思い返せばハッキリしている。聖女だった頃も、彼といる時間は特別で、少しでも長く一緒の時間を過ごしたいと思っていた。

気付いていなかっただけで、あの頃から私はリュート君に恋をしていたんだと思う。その思いはさらに強くなっている。彼がドラゴンだと知っても。

「私たちはいろんなものが違います！　それでも手を取り合えない理由はないんです！　私は人間だけど、ドラゴンのリュート君を好きになれたんです！　種族の間に壁があっても、道を作ればいい！　私はそう思います」

「レナ……」

私はリュート君の手を改めて強く握る。彼も私に合わせて、ぎゅっと握り返してくれた。手から熱と一緒に、お互いの思いが通じ合う。

「だからどうか！　皆さんにも知ってもらいたいんです！　私の大切な人のことを！　そんな彼が守ろうとしている国のこと！　一緒に生きるみんなのことを！」

「少しずつでいい！　俺たちを見ていてください！　そしていつか、気が向いたらでいいんです！　俺たちの国に遊びに来てください。いつでも歓迎します」

言えることは言いきった。最後に一言、私たちは小さな声でせーのと合わせて言う。

「「よろしくお願いします！」」

これが全て、今の私とリュート君に言えること。

あとはもう祈るしかない。彼らが応えてくれることに。ほんの少しでもいいから、歩み寄ってくれるように。

すると……。

「リュート君」

「ああ、聞こえるよ」

私たちの耳にパチパチという拍手の音が聞こえた。最初は微《かす》かにしか聞こえなかったけど、次第にそれは大きくなり、歓声にも似た賑わいを見せる。

「みんな……」

「ははっ、すごいな」

王都中で、世界中で拍手の音が鳴り響いている。この国に生きる人々が、私たちに向けて拍手をくれている。

声は直接聞けないし、彼らが内心でどう思っているのかはわからない。それでもこの拍手は、彼らが私たちを認めてくれた証拠なのだろう。

この世界には、自分たち以外にも多くの種族が生きている。それは遠い昔でも、物語の中の空想でもない。

今も近くに、すぐ隣にいるのだと。彼らは知り、そして認めてくれた。

この日、世界の地図は書き変わる。

王都から離れた森の中、今までは何も書かれていなかった場所に、国の名前が刻まれた。

私たちの竜国。

ドラゴニカという名前が。

エピローグ　繋がる未来

遠い昔、この世界には多くの種族が暮らしていた。ドラゴンが治める国で、見た目や考え方も違う者同士が手を取り合い、共に生きていた。

人々にとって、それは昔話の絵空事でしかなかった。ドラゴンなんていない。亜人種なんてどこにもいない。世界には人間しかいないと思っていた者は多いだろう。

ドラゴンが治めた国も、誰かが作った空想の物語でしかないのだと。だけど、今は誰もが知っている。

この世界に生きるのは、私たちだけじゃないことを。

ドラゴンと共に暮らす国が本当にあることを。


「お母さん！　あの木すっごく大きいよ！」

「あれが世界樹っていうのよ」

「せかいじゅ！」

「そうよ。この国の……ドラゴニカの目印なの」

子供に優しく語るのは、人間の女性だった。彼女は竜国の地へ足を踏み入れ、大きく伸びる世界樹を子供と一緒に見上げている。

彼女だけではない。他にも多くの人々が、竜国の地を歩いていた。

「賑やかになったね」

「ああ」

私とリュート君は街を歩く人々をひっそりと見守る。

あの日、竜国の存在が世間に公表されてから半年が経過した。私とリュート君の呼びかけは、人々の心に届いてくれたらしい。

ゆっくりではあったけど、彼らは私たちを世界を共に作る隣人だと認めてくれた。それからアーストロイ王国の支援もあって、私たちの国は多くの観光客で賑わっている。

「今でも信じられないなぁ」

「なにが？」

「この国の今の景色だよ。賑わってほしいとは思ってたけど、まさか俺たちより人間の数のほうが多くなるなんてな」

「ふふっ、そうだね。予想とはちょっと違ったかも」

「ああ。だけど、これも悪くないな」

「うん」

街を歩くほとんどがアーストロイ王国から観光に訪れた人々だった。彼らの中には、この国で暮らしたいと思っている者もいる。

いきなりは先に住んでいるみんなが戸惑うかもしれないから、少人数からゆっくりと受け入れを始めていた。

もちろん、リュート君以外のみんなも元気に暮らしている。たとえば――

「アルマ君。君が考案した新しい魔法について少々質問があるのだが……」

「は、はい。なんでしょうか」

「効果は優れているがどうにも発動までに時間がかかる。個人差が大きい。皆が使えるように改良できないだろうか」

「それは、はい。今やっているところです」

「おお！　さすが竜国の魔法博士。頼りになるな」

アルマ君が話しているのはアーストロイ王国の魔法使いさんだ。王国と協力関係になって以降、お互いの技術や知識を共有するようになった。

その中には魔法技術も含まれている。エルフであり優れた魔法の知識をもつアルマ君の話は、他の魔法使いにとって心躍るものばかりだった。

あっという間に彼の周りは魔法使いで溢れかえった。私のところに来る人たちもいるけど、私がリュート君と一緒にいることが多いこともあって、アルマ君のほうが大人気だ。

当人は最初の頃アタフタしていたけど、次第に緊張がほぐれて普通に話せるようになっている。

きっと彼も嬉しいはずだ。あんな風に、日常的に魔法の話ができる人たちが増えたんだから。

そして、賑わっているのは彼のところだけじゃない。私たちは街を歩き、この国で一番熱い場所までやってきた。

到着する前から熱気が辺りに広がって、ガチャンバコンと騒々しい音が鳴り響いている。ここはドワーフたちの工房がある場所。特に一番大きくて立派な建物に観光客がたくさん集まっていた。

「あれがからくり人形か！　まるで巨人だな」

「からくりはこんな物まで作れてしまうのか。実に興味深いぞ」

「おお！　新作のからくり兵器があるぞ！」

「あーもう、まーた人が増えてるじゃんか。おいそこ！　あんま近寄ると危ねーからな！」

ドミナちゃんは毎日のように工房でからくりを作っている。彼女を中心としたドワーフの技術は王国の人々の生活を豊かにした。

魔導具に頼らず、日常のあらゆる場面で活躍するからくり技術は画期的だった。特にドミナちゃんが作っているからくり兵器は見た目も派手で多くの男性が魅了されたみたいだ。

からくりが人々の生活を支えてくれるようになったおかげで、魔導具に使われる資源に余裕ができた。それらを街を守る結界や街の外で使う個人用の移動結界の材料に使っている。

からくり技術の浸透は、人々を魔物から守るための設備強化に影響を与えた。

世界中にマナが満ちることで起こる悪影響は、すでに人々に説明されている。活発化する魔物たちを退けるために、王国と協力して結界の作製や警備の強化を進めた。

心優しい人々の理解もあって、特に大きな問題はなく今日まで来ている。あの頃は思いもしなかったけど、王国の人たちも苗木を植える作業に協力してくれたんだ。

人間と亜人種が手を取り合って生きる。そんな未来が今で、これからも続いていく。そう思うと心が温まる。

「ドミナちゃんは今日も忙しそうだね」

「そうみたいだな。この調子で例の話は忘れてくれたらよかったんだが……」

「あ、もしかしてまた挑まれたの？」

「ああ、ここのところ一週間に一回くらいのペースで勝負をふっかけられるんだよ」

やれやれと困った顔をするリュート君。ドミナちゃんは今も、リュート君を倒すためのからくり作りを続けていた。

最近は新作を作る度にリュート君に挑んでいる。私も何度かリュート君がからくり兵器と戦わされている光景を見ている。

「いい加減やめてくれないかな、あれ」

「無理じゃないかな？　たぶんリュート君を倒すまで終わらないよ？」

「勘弁してくれ……」

とか言いながら、律儀に付き合ってあげているところにリュート君の優しさが見える。

ドミナちゃんに見つかるとまた勝負を挑まれるかもしれない。そう言ってリュート君は私の手を引き工房から離れていく。

「あ！　ちょうどいいところにいたわね！」

「シアさん？」

道中、シアさんに呼び止められた。彼女は私を見つけると、急ぎ足で近づいてくる。

「聞いてよちょっと！」

「ナンパしようとしたらまたこいつに邪魔されたの！」

「あ……」

彼女の後ろから顔を出したプラムさんを見て、詳しく話を聞く前に察した。プラムさんは大きくため息をこぼす。

「お騒がせして申し訳ありません。レナ様」

「レナじゃなくてまず私に謝ってくれないかしら？　貴方のせいでせっかく捕まりそうだった男の人に逃げられたのよ！」

「なにが捕まりそうだ。お前の押しが強すぎて彼も困っていただろう？　いい加減に無茶なナンパは控えるんだな」

「無茶とはなによ無茶とは！　私だって必死なのよ！」

二人が言い合いを始めて、私とリュート君は揃って苦笑い。この光景も随分と見慣れてきた。

シアさんがナンパに失敗して、それを窘《たしな》めているプラムさん。観光客が増え人々との交流を持つようになったことで、この街にも男性が多く足を運んでいる。

特に男性の観光客が最近は増えている気がする。シアさんを含むセイレーンは美しい種族だから、異性の興味を引くのだろう。

もちろんそれだけじゃなくて、水中で自由に動けるセイレーンの存在は、私たち人間にとってとても貴重だった。

魔法がなければ水中で呼吸することも、自在に動くこともできない私たちの代わりに、水辺や水中での作業を手伝ってくれる。

水は全ての生物にとって必要不可欠なもので、彼女たちはそれを支える柱になってくれている。

シアさんもよく手伝ってくれているから、その点はありがたいのだけど……。

足を運んでくれた観光客から興味のある男性に声をかけ続けているシアさんを、よくプラムさんが引き留めているらしい。

以前に一度だけシアさんがナンパしている光景を見たことがあるけど、確かにちょっと強引なところがあった気もする。

プラムさんたちには警備をお願いしている。街の中だけじゃなくて、外も含んでいる。太陽の下に出られるようになったことで、彼らの活動時間はぐんと伸びた。

もともと戦うことに特化した彼らは、街を守ってくれる貴重な戦力だ。今では街の外からも依頼が来て、時折護衛の任務をこなしている。

人間では危険すぎて受けられない依頼も、彼らは快く引き受けてくれる。大変じゃないかと聞いたことがあるけど、彼らは揃ってこう言う。

誰かに必要とされることは誇らしいし、喜んでもらえることは嬉しい。

日の下に出られたことで、考え方や性格も明るくなったみたいだ。特にプラムさんは、異なる種族同士がもめた時、仲裁役になってくれる。

やっていることは全然違うけど、プラムさんとシアさんはよく一緒にいる姿を見るようになった。

「大体、お前は少々危機感が足りない。見知らぬ男に肌を見せてすり寄るなんて、なにかあったらどうするつもりだ？」

「その時はその時よ！　それにどうせ止めるんでしょ？」

「だからいいとはならないだろ」

「ははは、二人とも仲がいいな」

ポロッとリュート君が思ったことを口に出した。すると二人は同時にリュート君のほうをバッと向いて言う。

「どこがだ」

「どこがよ！」

「え、いやだって、いつも一緒にいるし」

「それはこいつが勝手についてくるだけよ！」

「勘違いするな。俺はこの街の治安を守るため、お前が余計なことをしないか見張っているだけだ」

「余計なことってなによ！」

シアさんはムキーッとしながらプラムさんに顔を近づける。プラムさんも彼女から目を逸らさずじっと見ていた。

しばらくその状態で睨み合って、シアさんが脱力してため息をこぼす。

「はぁ、もういいわよ。あとで愚痴は聞いてもらうからね」

「どうして俺が」

「貴方のせいで失敗したんだから当然でしょ！　ほら、さっさと行くわよ」

「まったく、勝手な女だな」

そう言って二人は私たちに背を向けて去っていく。まるで嵐のように過ぎ去っていく二人を見ながら、私とリュート君は同じ感想を口にする。

「やっぱりあの二人……」

「仲がいいよな」

いつ頃からかわからないけど、プラムさんとシアさんが一緒にいる姿をよく見かけるようになった。今では二人がセットで歩いている姿を見慣れている。

こんなことを言ったら怒られてしまいそうだけど、私から見た二人は、なんだか通じ合っているみたいでしっくりくる。

「あ、そういえばサリエラちゃんとロドムさんってそろそろ帰ってくるんだよね？」

「ああ。予定では明日くらいだな」

二人は今、この国にはいない。今頃は王都にいるはずだ。私たちは人々と亜人種の理解を深めるため、王都で交流の場を設けている。

別の言い方をすれば、私たちの国の宣伝をする機会を貰っていた。二人は王都の人たちに、この国のよさを伝えるお仕事をしてくれている。

観光客が増えてくれたのも、サリエラちゃんたちの努力があったからだろう。

「帰ってきたら労《ねぎら》ってやらないとな」

「そうだね。めいっぱい褒めてあげようよ」

「ああ。それにロドムの料理が食べられるのは嬉しいよな」

「うん。やっぱりロドムさんの料理が一番だね」

私たちは他愛ない話で盛り上がりながら、賑わう街の中を歩いていく。道行く人が挨拶をしてくれたり、声をかけられる機会も増えた。

この半年で、私たちの生活は変わり始めている。もちろんいい変化だけじゃない。異なる種族が交わることには多くの問題がある。何百年と関わることなく生活していた者同士なら、考え方が合わなくても当然だ。

それでも、私たちは歩み寄ろうとしている。お互いのことを知って、理解しようと努めている。分かり合いたいという気持ちがあれば、きっとこの先も平和が続くだろう。

変わったこと、変わらなかったこと、その全てがあって今があり、未来へ続いていくんだ。

みんなが楽しそうに笑っている光景を見ながら私はそう思った。そして、私にはこの光景を伝えたい人がいる。

「ねぇリュート君、ちょっと行きたい場所があるんだけどいいかな？」

「ん、いいぞ。どこに行く？」

「世界樹の根本だよ」

◇◇◇

私たちは世界樹の根本へやってきた。観光のために開放している場所とは反対側で、ここは静かで誰もいない。

　私は世界樹の根に優しく触れる。

「リュート君、私ね？　ここへ来てからもう一つ目標があったんだ」

「もう一つ？　国の再建とは別でってことか？」

「うん。私が初めてこの国に来て、世界樹に触れた時のことって覚えてる？」

「もちろん忘れないさ。突然倒れてどれだけ心配したか。あの時は確か、世界樹の中にいる……もしかして」

　リュート君は驚いたように目をパッと開け、私と視線を合わせる。どうやら気付いてくれたみたいだ。

「そうなのか？」

「うん。リュート君をお母さんに会わせることが、私のもう一つの目標だったんだ」

　私はニコリと微笑む。

　ずっとこの日を実現させたくて、陰でこっそり新しい魔法の研究をしていた。リュート君をびっくりさせたいから、誰にも教えていない。

「本当はサリエラちゃんも一緒に行けたらよかったんだけどね。この魔法は私と繋がっている一人しか連れていけないんだ。だから、最初にリュート君に見せたかったの」

「レナ……」

私は彼の手を優しく握る。彼も私の手を握り返してくれる。

「本当に……会えるのか？」

「うん。私が会わせる。一緒に会いに行こう？」

「……ああ」

リュート君の瞳が潤んでいる。嬉しさのあまり泣きそうになっていた。だけど、涙を流すには少し早い。

感動の涙は、再会の瞬間まで取っておいてもらおう。

「行くよ、リュート君。私と一緒に世界樹に触れて」

「ああ」

私たちは片手を繋ぎ、もう片方の手で世界樹の根に触れる。そのまま目を瞑り、意識を世界樹に集中させる。

そして――

「――【ペア・エクストラクト】」

私は魔法を発動させる。

意識が吸い込まれるような感覚が駆け抜ける。そんな中でも、お互いの存在だけはハッキリと伝わってくる。

繋いでいる手を離さないように、ぎゅっと握りしめ合って……。

「着いたよ。リュート君」

私の声を聞いて、彼はゆっくりと目を開ける。あの時と同じ、真っ白な空間に私たちは立っている。

純白な空間にいる一人の女性に、リュート君の視線は釘付《くぎづ》けになっていた。

「……母さん？」

「リュート？」

「母さん！」

彼は思わず駆け出した。二度と会えないと思っていた母親との再会。奇跡にも等しい瞬間に、幼い子供のように涙を流しながら。

「会いたかった！　母さん」

「私もよ……リュート」

二人は抱きしめ合う。大切な家族を全身で感じるように……互いの涙が肩を、胸を濡《ぬ》らしていく。

「よかったね。リュート君」

この光景が見たかった。彼に喜んでもらいたくて、幸せになってほしくて今日まで頑張ってきた。その努力が報われてホッとしている。

泣きながら抱きしめ合う二人を見て、私の心は満たされていく。

「久しぶりね、レナさん」

するとアリステラさんが私の名前を呼んだ。ちょっぴり感慨にふけっていた私は思わずビクッと反応する。

「はい！　お久しぶりです。アリステラさん」

「ええ。貴女がリュートを連れてきてくれたのよね？　本当にありがとう。こんなに嬉しいことってないわ」

「そう言ってもらえて、私も嬉しいです」

アリステラさんは優しい笑顔を見せる。私たちが話をしている間に、リュート君は涙を袖で拭い、アリステラさんに話す。

「改めて紹介するよ。彼女はレナ、竜国一の魔法使いで……俺の恋人なんだ」

「恋人？」

「はい！　その……恋人になれました」

「……ふふっ、そう。驚いたわね。息子が未来のお嫁さんを連れてくるなんて」

「およっ……」

お嫁さんと言われてわかりやすいくらい動揺してしまった。いずれはそうなりたいと思っているけど、今言われると胸がむず痒くなるくらい恥ずかしい。

「ふふっ、初々しいわね。ちゃんとリードしてあげなきゃ駄目よ？　リュート」

「わかってるよ」

「ならいいわ。ねぇ二人とも、もしよかったら今日までのことを私に教えてくれないかしら？　二人の話を聞きたいわ」

アリステラさんのお願いに、私とリュート君は揃って答える。

「「もちろん」」

それから、私たちは今日までの道のりを語って聞かせた。時間にすれば一年にも満たない。ドラゴンである二人の前では一瞬の出来事かもしれない。だけど、私には長い道のりに感じられた。

「今は昔みたいに賑やかになったんだ。それも俺たちだけじゃなくて、王国の人たちも遊びに来るようになったんだよ」

「感じていたわ、外の変化は。本当にすごいわね、リュート」

「俺だけの力じゃないよ。レナが一緒にいてくれた。みんなの助けもあった。一人でも欠けていたら、きっと今にはたどり着けなかったと思う」

「素敵なことね。みんなとの繋がりを大切にしなさい」

「もちろんだよ」

そう答えたリュート君に、アリステラさんは安心したような笑顔を見せる。当たり前だけど母親の顔をしていて、リュート君のことを心から案じているのが伝わる。

アリステラさんは私のほうへ視線を向ける。

「レナさん。リュートを支えてくれてありがとう。これからもリュートのこと、お願いしてもいいかしら」

「はい！　リュート君にはたくさん助けてもらったので、同じくらい助けられるように頑張ります」

「優しいわね。こんなにいい娘は他にいないわ。リュート、放しちゃだめよ？」

「放すわけないよ。俺はこの先も、レナと一緒に生きていく。何があっても、この手は離さないって誓ってる」

彼は私の手を握りしめる。大きくて強くて、温かな手だ。私も、この手を離したくなんてない。この先も、彼の隣にいたいと心から願っている。

だって私は――

「アリステラさん。前に来た時、アリステラさんが言ってくれたこと今でも大切に覚えているんです」

リュート君たちへの思いを告げる彼女と話した別れ際、最後に私にこう言った。

――あの子たちのこと、よろしく頼むわ。それから貴女も幸せになりなさい。

「私……自分のことも幸せにできました！」

「――そう」

私は精一杯の笑顔で彼女に伝えた。

自分の幸せを掴むことは、案外誰かの幸せのお手伝いをするより難しい。自分がどうすれば幸せになれるのか、わからない人も大勢いるだろう。

私は幸運だったんだ。

大切な人と出会えて、大好きだと気付くことができた。

思いを通じ合わせた今、心から思う。


私は竜国の魔法使い。

この先何年、何十年先になろうとも――

彼の隣には、私が立っていたい。

あとがき

読者の皆様、日之影ソラと申します。

まず最初に、本作を手に取ってくださった方々への感謝を申し上げます。

竜国で働くことになった魔法使いのお話、その続きになる二巻ですが、楽しんでいただけたでしょうか？　少しでも面白い、続きが気になると思って頂けたなら幸いです。

一巻の続きである本作では、さらなる仲間たちを迎え入れたり、聖女として頑張ることを決めた姉が再登場したり、竜国の存在を大々的に宣言したりなど、重要なイベントが盛りだくさんでしたね。

個人的には上手くまとまってくれているんじゃないかと思っています。お話としては一区切りですが、この先キャラクターたちがどんな道を歩んでいくのか、皆様も好きに妄想していただければ嬉しいです。


そういえば、本作とはまったく関係ありませんが、最近猫を二匹飼い始めました！

スコティッシュとベンガルです。二匹ともまだ子猫で、特にベンガルのほうはわんぱく過ぎて手に負えないくらいです。

ペットを飼うことは大変ですし、いろいろと気を付けないといけないことが多々ありますが、ずっと前から猫を飼いたかったので大満足です。

二匹ともよく私に懐いてくれていて、私がベッドに座ったり、横になったりすると駆け寄ってきてくれます。

最近、これまでにも増して忙しくなり、基本的に毎週のように何かしらの締切に終われる日々を送っていますが、究極の癒しを得たおかげでなんとか頑張れています。

まだまだ大変な時期は続きそうですが、皆様も何かしらの癒しを見つけて、日々の生活に変化を加えてみてはいかがでしょうか？

長々と近況報告をしてしまって申し訳ありません。初めにお伝えした通りですが、本作を楽しんで頂けたなら幸いです。

最後に、一巻に引き続き素敵なイラストを描いてくださった三登いつき先生を始め、書籍化作業に根気強く付き合ってくださった編集部のYさん、WEBの短編版から読んでくださっている読者の方々など。本作に関わってくださった全ての方々に、今一度最上の感謝をお送りいたします。

それでは機会があれば、また三巻のあとがきでお会いしましょう！

二〇二三年七月吉日　日之影ソラ

この本を読んでのご意見・ご感想・ファンレターをお待ちしております。
〈宛先〉　〒104-8357　東京都中央区京橋 3-5-7
　　　　（株）主婦と生活社　PASH!ブックス編集部
　　　　「日之影ソラ先生」係
※この作品はフィクションであり、実在の人物・団体・法律・事件などとは一切関係ありません。

PASH!ブックス

偽りの聖女は竜国の魔法使いになりました2

2023年7月17日　1刷発行

著　者　日之影ソラ
イラスト　三登いつき
編集人　山口純平
発行人　倉次辰男
発行所　株式会社主婦と生活社
〒104-8357　東京都中央区京橋 3-5-7
03-3563-5315（編集）
03-3563-5121（販売）
03-3563-5125（生産）
ホームページ　https://www.shufu.co.jp
製版所　株式会社二葉企画
印刷所　大日本印刷株式会社
製本所　下津製本株式会社
デザイン　井上南子
編集　山口純平

　ISBN978-4-391-15754-3